EN MARKIS FÖR MARIANNE

EN GRIPANDE REGENCYROMAN OM EN ANDRA CHANS OCH LÄKTA SÅR

CATHERINE BILSON

SHENANIGANS PRESS

INNEHÅLLSFÖRTECKNING

PROLOG

En privat bal på Temple Grove Manor, nära Cambridge, mars 1810

”Er mest ihärdiga uppvaktare är tillbaka, miss Abingdon.”

Marianne lät endast ett svagt leende leka på läpparna när Amelia Temple talade. Den andra flickans röst bar en svag antydan till svartsjuka, eftersom den långe unge mannen som närmade sig de två utan tvivel var den stiligaste i rummet – särskilt i en löjtnants scharlakansröda regementsuniform.

”Jag har känt mr Rotherhithe sedan vi båda var barn, miss Temple”, försökte Marianne dämpa Amelias avund. ”Vi är vänner, det är allt.” Lögnen brände nästan på tungan, men det gick inte an att viskningar om hennes sanna känslor för Alexander Rotherhithe skulle nå hennes fars öron. Eller, Gud förbjude, *hans* fars eller farfars öron.

”Fröken Abingdon.” Alexander bugade sig mycket korrekt, och hans mörkbruna ögon var varma när han rätade på sig för att betrakta hennes ansikte. "Vågar jag hoppas att ni har en plats kvar på ert dansprogram åt mig?"

Utan ett ord lösgjorde Marianne sidenbandet som höll det lilla häftet från handleden och räckte det till honom. Hans läppar ryckte till en aning när han granskade kortet innan han lyfte den lika lilla pennan som var fäst vid det och skrev ner sina initialer på den enda återstående platsen. Hon hade sparat den dyrbara platsen genom att undvika så många potentiella danspartner som möjligt, ingen lätt bedrift när man hyllades som Säsongens största skönhet.

"Jag ska skatta mig synnerligen lycklig, miss Abingdon. Tills vår dans, då." Han bugade ännu en gång och lämnade dem ensamma.

Amelia suckade längtansfullt när hon såg löjtnanten avlägsna sig och mumlade: "Jag önskar att han hade bjudit upp *mig*."

"Eftersom ert program redan är fullt skulle det inte ha hjälpt er om han hade gjort det", påpekade Marianne torrt. "Som dotter i huset har alla era danser varit uppbokade sedan bjudningen började!"

"Sant, men ändå, han kunde ha frågat", suckade Amelia igen innan hon krokade arm med Marianne. "Jag hör orkestern stämma sina instrument. Vi borde gå in i balsalen, den första dansomgången börjar snart."

Marianne brydde sig inte det minsta om den första dansomgången, eller någon annan omgång än den hon skulle dansa med Alexander. Trots det målade hon på ett falskt leende och lät sig ledas ut på golvet.

Han hatade varje man som vågade närma sig henne.

Hon var hans, hade alltid varit hans. Ända sedan han fick syn på henne för flera år sedan hade hennes rödhåriga fulländning dragit honom till sig som en nattfjäril till en låga. Varje annan flicka bleknade till tråkig obetydlighet bredvid hennes spektakulära, iögonfallande skönhet.

Hon var för ung då, förstås, men nu var hon en vuxen kvinna. Arton år gammal och mogen att plockas, en persika redo att falla ner i hans väntande hand. Särskilt med tanke på hennes far, som just nu vid spelborden spelade bort de sista av sin avlidna hustrus pengar.

Han tog en klunk av sin konjak och iakttog med kisande ögon hur en lång ung sprätt i en scharlakansröd rock bjöd upp henne till dans. Hur vågade den där uppkomlingen röra det som var hans!

Snart skulle ingen få dansa med henne utom han.

Mycket snart.

”Det är förfärligt varmt här inne”, sa Marianne när musikerna slog an de första ackorden. ”Skulle ni ha något emot om vi sitter över den här dansen? Jag tror att jag kanske borde få lite luft.”

”Självklart”, sa Alexander med ett litet hemlighetsfullt leende och eskorterade henne genast från golvet. ”Jag skulle inte för ett ögonblick vilja att ni känner er illa till mods för en simpel dans, miss Abingdon. Var snäll och dra er tillbaka för att friska upp er.”

”Tack för er förståelse, löjtnant.” Marianne neg graciöst innan hon tog sig ut ur rummet.

Väl ute ur balsalen svängde hon inte vänster för att gå uppför trappan till sällskapsrummen. Istället vände hon sig åt höger och öppnade en dörr som var nästan helt dold bakom en stor krukväxt, en dörr som ledde till tjänstefolkets utrymmen. Hon lyfte sina kjolar i händerna och skyndade fram längs den smala, dåligt upplysta korridoren så fort hon kunde i sina dansskor, i desperat hopp om att ingen skulle komma från andra hållet. Hon hade dock tur och nådde sin nästa destination utan att se en enda själ.

En andra dörr ledde ut under terrassen omedelbart utanför balsalen, och hon steg ut på det krattade gruset, noga med att fötterna inte skulle ge ifrån sig något ljud. Rakt ovanför huvudet kunde hon höra röster, folk som pratade och skrattade, och cigarrök som steg uppåt då någon herre njöt av den svala nattluften.

En hand slöt sig om hennes armbåge och hon kvävde en flämtning. Hon slappnade genast av och följde det bestämda draget från den starka handen, tassande på det ljudliga gruset tills de var runt husknuten och gick på gräs, och rörde sig längre bort från de upplysta fönstren och bullret tills allt blev mörkt och tyst.

"Marianne", sa han hennes namn hest när de var fria att tala utan rädsla för att bli överhörda.

Hon snyftade hans namn till svar och kastade sig mot honom. "Åh, Alexander! Du kom!"

"Ingenting hade kunnat hålla mig borta." Han fångade henne i starka armar och böjde sig ner för att kyssa hennes uppåtvända läppar.

"Inte ens din farfar?" viskade Marianne när han bröt kyssen.

"Det visar sig att militärtjänstgöringen har haft en an-märkningsvärt befriande effekt. Min befälhavare är bety-dligt mindre sträng än käre farfar."

Hon kunde inte se hans ironiska leende i mörkret, men hon kunde höra det i hans röst. Själv leende vilade hon huvudet mot hans bröst, utan att bry sig om oredan i lockarna. Hans varma hand lades på hennes nacke och för ett långt ögonblick förblev de så, i en nära och kärleksfull omfamning.

"Jag önskar att jag kunde be dig rymma med mig nu", mumlade Alexander, "men mitt regemente är beordrat till Spanien nästa vecka. Även om vi skulle gifta oss, har jag ingen trygg hamn att erbjuda dig."

"Det spelar ingen roll", sa Marianne intensivt. "Lova mig bara att du är försiktig, Alex? Lova att du kommer tillbaka till mig?"

De visste båda att det inte fanns några garantier i krig. Båda hade förlorat familj och vänner i kriget mot fransmännen: Marianne sin ende bror; Alexander två farbröder och sin bästa vän från skoltiden.

Ändå lovade Alexander henne, och han menade varje ord. "Om Gud låter mig överleva, kommer jag tillbaka till dig, Marianne. Det finns ingen kraft på jorden som kan hindra mig från att komma efter dig, om du bara vill vänta på mig."

Hans ord hade högtidligheten hos ett äktenskapslöfte, och i hans sinne var de precis det. I det ögonblicket svor han sig trogen till flickan han hade känt hela sitt liv. Flickan som hade varit hans barndomskamrat i otaliga eskapader. Flickan som hade varit hans axel att gråta ut mot när hans lillasyster dog i feber, precis som han hade gjort detsamma för henne ett år senare när hennes mor drunknade i en tragisk olycka. Flickan som han älskade över alla andra. Och alltid skulle göra.

"Jag ska vänta på dig", lovade Marianne i gengäld och sträckte upp händerna för att lägga dem på hans kinder, och även om han inte kunde se hennes ögon, lyste de i hans sinne blå som sommarhimlen, klara av hennes kärlek. "Jag kommer *alltid* att vänta på dig."

Han såg den unge officeren återvända till balsalen från terrassen, med ett alldeles för självbelåtet leende för en man som hade gått miste om en dans med balens vackraste flicka. Ett ögonblick senare kom Marianne in genom huvudingången, leende lika lyckligt.

Två par ögon möttes och hemliga blickar utbyttes innan båda såg bort och låtsades vara glada medan de minglade med de andra festdeltagarna.

Han svepte i sig det sista av sin konjak.

Det var dags att göra sitt drag.

KAPITEL ETT

Jarlen av Havers stadsresidens,
London, november 1818

”HAN ÄR DÖD.”

Marianne stirrade vantroget.

”Lady Creighton?”

Bakom henne började viskningarna: *”Stackars kvinna.”* *”Hon är i chock.”* *”Så plötsligt.”*

”Lady Creighton, jag tror det är bäst att ni sätter er ner.”

En stark hand vidrörde hennes armbåge och ledde henne bort från hennes makes kropp. Helt ut ur rummet, till en mindre, tom salong och en soffa där man fick henne att sätta sig ner.

”Marianne”, sa hennes vän Ellen och satte sig bredvid henne. Hon såg och lät förtvivlat oroad. ”Är allt bra med dig? Snälla, säg någonting. Ska vi hämta en läkare?”

"Jag tror det är lite för sent för det", sa Marianne och var tvungen att kväva ett fullständigt opassande fnitter. "Min man är död."

"Thomas", sa Ellen, och hennes make sedan mindre än ett dygn gick genast fram till hennes sida. "En drink, tror du?"

"Brandy", instämde jarlen av Havers. Ett ögonblick senare knäböjde han vid soffan och tryckte ett glas i Mariannes hand, som hon först då insåg skakade. "Drick, lady Creighton. Ni har fått en fruktansvärd chock."

"Jag är så ledsen", sa hon. "På er bröllopsfest ..."

"Våga inte be om ursäkt!" Ellen nästan tryckte glaset mot hennes läppar och tvingade henne att ta en klunk. Brandyn brände hela vägen ner i halsen.

"Lady Creighton", sa Thomas, och hon kunde inte hejda sin ryckning. Han tystnade och började om: "Förlåt min familjäritet – Marianne. Tillåter ni mig att sköta allt som rör er ma... jag menar, lord Creightons kropp? Jag antar att den ska återföras till hans gods?"

"Ja."

Hon borde säga mer, insåg Marianne när de båda bara stirrade på henne. Thomas var amerikan och hade först nyligen kommit till England när han ärvt sin titel. Även om Ellen möjligen var den enda person hon verkligen kunde kalla sin vän, var hennes vän dotter till en landsortspräst, utan någon kunskap om societeten.

”Det ligger nära Durham”, lyckades hon få fram. ”Jag – kanske lord Creightons betjänt kan ge er lite användbar information.”

”Ja”, instämde Thomas med viss lättnad. ”Ja, självklart. Det är jag säker på att han kan. Då tar jag itu med det genast.” Han utbytte en blick med Ellen som på något sätt förmedlade en hel del, innan han lämnade rummet och stängde dörren bakom sig med ett mjukt klick.

”Drick upp resten av det här”, sa Ellen tyst och förde glaset tillbaka till Mariannes läppar, ”och sedan ska jag ringa på min kammarjungfru. Du minns Susan? Hon är fruktansvärt effektiv. Vi hjälper dig upp till ditt rum så att du kan vila. Du har fått en fruktansvärd chock.”

Ja, tänkte Marianne och lät Ellen övertala henne att dricka upp resten av brandyn. *Det är sannerligen chockerande när ens make drabbas av ett slaganfall medan han förebrår en för att man log mot mannen som ens vän gifte sig med igår, för att sedan falla död ner vid ens fötter.*

Hon måste hålla ihop, så att inte Ellen trodde att hon blivit galen. Så hon åkallade år av träning, år av att kontrollera minsta min, för att tygla sina känslor. Det var inte förrän timmar senare, när hon äntligen hade övertygat Ellen och hennes skrämmande effektiva kammarjungfru om att hon mådde alldeles utmärkt och bara önskade bli lämnad ensam, som hon äntligen kunde låta sina känslor synas.

Stående vid fönstret i sitt sovrum, i den magnifika svit hon hade tilldelats som en av hedersgästerna på Ellens bröllop, såg hon hur vagnen med den hastigt införskaffade kistan med hennes avlidne makes jordiska kvarlevor rullade bort från huset och nerför den långa allén av lärkträd, nu kala på löv. Hon skulle naturligtvis bli tvungen att följa efter och stanna på Creighton Hall under överskådlig framtid, åtminstone tills hennes sorgetid var över.

Men nu, för första gången på fler år än hon ville minnas, var Marianne *fri*.

Hon hade trott att hon skulle skratta i detta ögonblick.

Tårarna överraskade henne; hon hade trott att det inte fanns några fler tårar kvar att gråta. År av smärta och li-dande, ensamhet och rädsla, hade torkat ut dem alla. Ändå blev synen av den bortåkande vagnen suddig, feta droppar rann nerför hennes kinder, och Marianne Creighton föll på knä och grät i ren, oförfalskad lättnad.

KAPITEL TVÅ

Brooks' Gentlemen's Club, London, november 1819

"Du ser dödsuttråkad ut, Glenkellie."

"Ge det några år, Havers." Alexander Rotherhithe, markis av Glenkellie, såg upp från tidningen han hade studerat utan att egentligen ta in någon information. "Allt i London kommer att tråka ut dig till döds också."

Den unge earlen av Havers skrattade och slog sig ner på den lediga stolen vid Alex bord utan att invänta en inbjudan. Vilket förmodligen var anledningen till att Alex gillade amerikanen; det var inte så mycket att han inte hade någon aning om etikettregler, utan snarare att han tyckte de var rena dumheter och vägrade rätta sig efter dem. Stolen var ledig och Thomas ville sätta sig. Varför vänta på att Alex skulle be honom, bara för att han råkade inneha en högre titel?

Alex lade ner tidningen och log mot Thomas. De hade bara träffats för några månader sedan, när Thomas tog med sin nya hustru till London för den lilla säsongen, men de hade funnit varandra direkt. Alex var trött på smickrare och fjäskare, på dem som var alltför skrämda av hans rikedom och titel för att vilja lära känna honom på riktigt. Thomas glada likgiltighet inför protokollet var som en frisk fläkt.

”Något att dricka?”, föreslog Alex och gestikulerade mot en uppmärksam servitör.

”Jag tar samma som du.” Thomas nickade mot hans kopp på bordet.

”Kaffe? Är du säker på att du inte vill ha något starkare?”

”Jag har lovat att ta med Ellen på en bal ikväll. Om jag börjar med något starkare nu kommer jag inte att orka hålla ut till klockan fyra, eller vilken löjlig tid de här tillställningarna nu slutar.” Thomas grimaserade. ”Jag ser fram emot att åka tillbaka till Herefordshire och få gå och lägga mig före midnatt, för en gångs skull!”

Alex var tvungen att skratta. ”Du är en sådan landsortsbo, Havers.”

”Säger mannen vars ägor utgör en stor del av de mest avlägsna delarna av Skottland”, replikerade Thomas torrt.

”Varför tror du att jag är i London? Det finns inget där uppe förutom vresiga småbönder och får. Slottet Glenkellie är bara uthärdligt i en månad eller två på sommaren, och knappt ens det. Om det inte vore fideikommiss skulle jag sälja hela rasket och bo här året runt.”

Orden var tomma och Thomas skarpa blick lät Alex förstå att han inte lät sig luras. Sanningen var: Alex älskade sitt hem oavsett årstid. Han stod helt enkelt inte ut med det när hans mor var där, vilket hon var för tillfället. Om Gud vill skulle hon snart få för sig att resa runt i Grekland eller Italien eller någon sådan plats, och han skulle kunna åka hem utan att behöva frukta att hon skulle trolla fram en brud åt honom ur tomma intet.

Thomas kaffe anlände och han lutade sig tillbaka i stolen och kopplade av medan han tog en klunk av den heta, doftande drycken. "Jag är glad att det är du och inte jag", sa han, och det tog Alex ett ögonblick att inse att Thomas talade om att bo i London. "Faktum är att vi åker hem tidigare än planerat. Hur mycket Ellen än har njutit av vårt besök den här gången vill hon vara hemma i god tid till jul. Hon planerar faktiskt att hålla en bjudning, och hon har gett mig i uppdrag att framföra en inbjudan till er."

Förvånad stannade Alex upp med sin egen kaffekopp någon centimeter från läpparna. Även om han hade träffat den förtjusande unga grevinnan av Havers vid flera tillfällen och till och med dansat med henne några gånger, hade de inte haft mycket tillfälle att lära känna varandra. "Varför?", frågade han rakt på sak och sänkte koppen.

Thomas såg road ut. "För att hon vet att du och jag har blivit vänner, Glenkellie. Ellen har fått gott om vänner bland damerna – både gifta och ogifta – och har bjudit in ett antal av dem, men ingen av deras tillhörande män, bröder eller fäder är personer jag skulle kalla en nära vän. Du, å andra sidan, är det. Hon frågade om jag skulle vilja bjuda in dig, jag sa att jag skulle göra det, och hon skrev en inbjudan." Han tog fram ett gräddfärgat kuvert ur fickan och lade det på bordet mellan dem. "Skulle ni önska en flykt från Londons nöjen under några dagar utan att behöva resa till de frusna ödemarkerna i norr, skulle vi bli förtjusta att ha er hos oss."

Trots att Alexander kände sig rörd låtsades han vara ointresserad när han tog kuvertet, bröt sigillet och läste den korta inbjudan skriven med grevinnan av Havers egen handstil. Ellen hade uppfostrats som en lantlig prästdotter och hennes handstil bar inga spår av de snirklar och krumelurer som aristokratins döttrar hade för vana att använda; den var enkel, prydlig och mycket lättläst.

"Vad vänligt", mumlade Alexander frånvarande. "Kanske ansluter jag till er under några dagar. Det kan bli en trevlig omväxling."

Thomas flinade ner i sitt kaffe och Alex visste att han inte hade lurat amerikanen det minsta. Sanningen var att han redan hade mottagit och avböjt mer än ett dussin inbjudningar till julbjudningar, många av dem till hem som var både mer storslagna och mer bekvämt belägna i förhållande till London än Havers Hall, en god tre dagars resa bort i Herefordshire, nära den walesiska gränsen.

Alla dessa inbjudningar hade dock kommit från familjer med giftasvuxna döttrar som ville snärja en markis att hänga på sitt släktträd. Thomas och Ellen hade inget sådant dolt motiv. Nej, de hade bjudit in honom helt enkelt för nöjet av hans sällskap, och därför bestämde han sig på fläcken för att tacka ja till erbjudandet.

"Har lady Havers bjudit in många ogifta damer?", frågade han i ett sista försök att tala sig ur det.

”Bara ett par stycken, tror jag, och de är snarare av den blåstrumpiga sorten som absolut inte skulle försöka lägga vantarna på er, frukta ej. Det finns också en änka som är vän till henne som vi hoppas kunna övertala att komma.”

”Ah, glada änkor. Dem uppskattar jag.” Alex flinade illmarigt.

Thomas skakade på huvudet och skrattade på sitt godmodiga sätt. ”Spela inte rumlaren med mig, Glenkellie, jag har sett dig himla med ögonen när damer av tvivelaktigt rykte flirtar med dig. Du är inte mer intresserad av dem än jag är, och du har inte ens den goda anledningen att ha en hustru du avgudar!”

”Du har inte känt mig så länge, Havers. För den rätta paradisfågeln kan jag vara mycket tillmötesgående.”

”Jag tror inte att lady Creighton kommer att falla i era armar, hur charmerande jag än är säker på att ni kan vara om ni anstränger er”, sa Thomas torrt.

Alex stelnade till mitt i rörelsen att ställa ner sin kaffekopp. ”Lady Creighton? Den ... före detta grevinnan?”

Thomas rynkade pannan. ”Korrekt, även om jag tror att hon tekniskt sett fortfarande är en grevinna. Ellen säger att 'Marianne, lady Creighton' är emellertid det korrekta tilltalet nu. Eftersom hon inte är mor till den nuvarande earlen är hon inte änkegrevinna.” Han såg uppgiven ut. ”Har jag rätt i det, eller måste jag konsultera Debrett's igen? Jag svär, hela det engelska systemet med titlar och hederstitlar har de mest svårfattliga regler; det är värre än att böja latinska verb! Ibland tror jag att lady Jersey bara hittar på dem allteftersom."

Alex brast ut i skratt, road som alltid av Thomas vanvördiga kvickhet. "Det är mycket möjligt att du har rätt", sa han mellan skrattsalvorna, "men det är nästan säkert inte comme il faut att tala om det!"

Thomas flinade obotfärdigt. "Åh, jag vet inte. Jag är säker på att lady Jersey skulle bli mycket road om hon fick reda på att jag sagt det!"

"Bara för att hon tycker så mycket om er hustru." Hans skratt lade sig, och Alex tog sin kaffekopp och drack ur det sista. "Mycket väl, Havers. Var snäll och säg till lady Havers att jag med glädje kommer att tacka ja till er inbjudan att tillbringa julhelgen med er på Havers Hall."

"Ni kan säga det till henne själv", sa Thomas och drack ur sitt eget kaffe. "Hon bad mig också att bjuda er på middag ikväll, om ni inte är upptagen på annat håll."

"Tja, jag hade planerat att äta här, men chansen att få tillbringa en kväll med att bli road av er och charmerad av er vackra dam är alltför frestande för att tacka nej till."

"Utmärkt, då ses vi vid sjutiden? Jag måste tyvärr gå nu. I morgon är det vår första bröllopsdag och jag måste svänga förbi Garrard's för att hämta Ellens present."

"Vi ses i kväll, då." Alex nickade till avsked och såg på när Thomas hämtade sin hatt och rock och lämnade klubben, medan han glatt talade med flera herrar han passerade.

Havers var möjligen den mest sympatiska man han någonsin hade träffat, funderade Alex, och han undrade vad han någonsin hade gjort för att få en vän som kunde bli vän med bokstavligen vem som helst.

Han lyfte ena handen och rörde vid det långa, ilskna ärret nerför kinden, där en fransmans bajonett nästan hade spetsat honom vid Waterloo. Spetsen på klingan hade missat hans öga med mindre än en halv centimeter, skrapat nedåt och flått kinden in till benet, och rivit upp ett långt jack hela vägen till hakan. Infektionen efteråt hade nästan kostat Alex livet.

Det taggiga ärret, fortfarande rött nästan fyra år senare, var så fult att flera unga kvinnor med mindre robust fysik hade blivit illamående av det. En hade till och med svimmat av fasa. Han hade ännu inte träffat någon som kunde se honom i ögonen utan att stirra på hans ärr med en förskräckt fascination, fängslad av dess fulhet.

Alexander Rotherhithe var inte längre den fulländat stilige unge man som en av societens diamanter hade svurit sitt hjärta till. Ärret stramade när han log stelt och drog upp ena mungipan till en grimas.

Marianne Abingdon hade inte väntat på honom som hon hade lovat. Hon hade inte ens visat honom den artigheten att skicka ett brev och berätta att hon hade valt en annan. Det första han fick veta om hennes svek var när en officerskamrat utan ett ord hade räckt honom ett exemplar av en månadsgammal tidning, uppvikt till lysningarna, och marken hade rämnat under hans fötter.

Alex mindes lite av de följande månaderna. Han hade dränkt sina sorger i sprit, närhelst han kunde finna någon, och i att leda självmordsattacker i varje förbannat slag över Iberiska halvön. Eller så verkade det i efterhand, när han äntligen hade kommit ur sin dimma och insett att han hade blivit befordrad (två gånger!) och dekorerad med fler medaljer och omnämnanden i depescher än någon enskild soldat borde förtjäna under ett helt liv i krig, för att inte tala om bara två år av det.

Hur han hade undkommit döden hade han ingen aning om. Men på något sätt hade han gjort det. På grund av det hade han samlat en kader av hängivna soldater omkring sig som hade övertygat sig själva om att han var någon sorts krigsgud – oslagbar på slagfältet.

En officer som kunde inspirera den sortens lojalitet var alldeles för värdefull för krigsministeriet för att vara någon annanstans än på slagfältet. Inte ens under Bonapartes exil på Elba hade Alex tillåtits återvända till England. Först när han slutligen – chockerande nog – sårades vid Waterloo och därmed bevisade att han trots allt var dödlig, tilläts han lämna fältet. Han återhämtade sig i Bryssel, och så snart han var kapabel att sitta på en häst skulle han skickas raka vägen ut igen för att rensa upp enstaka fickor av franskt motstånd.

Kanske skulle han ha fortsatt att utkämpa Englands krig tills han blev gammal och grå eller en kula bevisade att han bara var dödlig på det mest slutgiltiga sättet, om det inte vore för en slumpartad händelse i tronföljden. Efter att ha varit fjärde i raden till markisatet blev han plötsligt arvinge när hans farbror, kusin och far alla omkom i en störtflod som svepte bort deras jaktsällskap när de gick ner i en smal ravin.

Hans farfar hade kallat hem Alex utan omsvep, och inte ens herrarna på krigsministeriet var benägna att neka den gamle mannen hans enda levande arvinge – oavsett hur användbar han var som soldat.

Packad på ett skepp till Inverness helt utan ceremonier, hade Alex anlänt hem knappt i tid för att ta farväl av sin farfar. Med brustet hjärta efter döden av både sina söner och sonsonen han hade uppfostrat från födseln för att bli hans efterträdare, hade Duncan Rotherhithe kastat en enda nedsättande blick på Alex och förklarat: "Du får väl duga, antar jag", innan han drog sitt sista andetag.

Han hade levt ner till sin farfars förväntningar ända sedan dess.

KAPITEL TRE

Creighton Hall, Cumbria, i början av december 1819

”ÄNNU ETT BREV TILL dig, faster Marianne.” Hennes brorson Arthur, den nye greven av Creighton, räckte över brevet till henne från högen som en betjänt just hade serverat vid frukostbordet på en silverbricka.

”Tack”, sa Marianne stillsamt, tog emot brevet och stoppade det i fickan.

”Ska du inte läsa det nu?” Hennes efterträderska som grevinna, Lavinia, plirade på henne med vattniga blå ögon. *Nyfikenheten gör hennes redan smala ansikte ännu skarpare, vilket får henne att se ut nästan som en iller,* tänkte Marianne nyckfullt.

”Det är bara från min vän Ellen”, sa hon avfärdande och lyfte sin kopp för att ta en klunk te. ”Utan tvekan fullt av meningslöst skvaller från Herefordshire.”

”Du brevväxlar väldigt mycket med henne”, sa Arthur irriterat. ”Portot kostar en nätt slant.”

Marianne drog ett djupt, dolt andetag för att undertrycka sin omedelbara lust att ge ett vasst svar. "Hon är en trogen brevvän", svarade hon efter ett ögonblick, "men icke desto mindre en utmärkt kontakt att upprätthålla. Med tanke på att lady Diana ska göra debut nästa säsong anser jag det vara absolut nödvändigt att hålla liv i mina societetsvänskaper."

"Ja", sa Lavinia snabbt med en skarp blick på sin make, "ja, självklart måste du behålla vänskapen, Marianne. Grevinnan av Havers kommer att vara en ovärderlig vän att ha när Diana gör sin entré, Arthur."

Marianne dolde sitt leende bakom sin tekopp när Arthur suckade och fogade sig i Lavinias krav. Den nye greven hade vuxit upp med ett mycket begränsat underhåll och tyckte fortfarande om att vända på varje slant tills den gnisslade. Utan att ha förväntat sig att ärva titeln, eftersom hans farbror varit fast besluten att avla en arvinge, hade varken Arthur eller Lavinia någonsin ens varit i London. De kände ingen och skulle vara beroende av Marianne för att bli introducerade när deras äldsta dotter skulle presenteras.

Marianne hade ingen avsikt att informera dem om att Ellen hade långt färre vänner i Londonsocieteten än hon själv. Med Ellen som sin enda regelbundna brevvän tänkte hon ljuga utan samvetskval för att hålla sin vänskap vid liv.

När allt kom omkring hade så mycket redan tagits ifrån henne.

Mycket senare den dagen, medan hon promenerade till-baka till den lilla stugan som storslaget kallades Creighton Estates änkesäte, plockade Marianne fram brevet ur fickan och bröt sigillet. Hon hade hoppats kunna smita undan tidigare, men Lavinia krävde att hon skulle vara tillgänglig hela tiden för att hjälpa till med hennes fem barn – varav fyra var döttrar som Lavinia desperat ville gifta bort väl.

Mariannes far hade dött utfattig strax efter hennes gifter-mål, vilket lämnade henne utan någon familj som kunde hjälpa henne, och helt beroende av Arthur och Lavinia. Eftersom hon aldrig haft någon hemgift och hennes änkepension var nästintill obefintlig, hade Marianne inget annat val än att i princip agera obetald lärarinna i säll-skapskonst åt de fyra flickorna och lära dem de sociala färdigheter de hittills inte tillägnat sig. När hon hade lett dem genom en läsning på franska, gett var och en en halv-timmes pianolektion och en gemensam sånglektion, hjälpt dem med deras handarbete och övervakat Dianas försök att hälla upp te, var det sen eftermiddag och Marianne var desperat efter lite tid för sig själv, även om det bara var en timme innan hon måste återvända för att äta middag med familjen.

Arthur, som fortfarande hade kvar vanan att vara sparsam, såg ingen anledning att anställa en kokerska åt Marianne när hon lika gärna kunde äta sina måltider med dem. Det var bara motvilligt som han tillät en husa att komma över från huvudhuset för att städa stugan och tända brasorna, och en man att tillbringa en timme eller så varannan dag med att bära ved och vatten.

"Du kan lika gärna bo i huset med oss", hade Arthur sagt när han och Lavinia först flyttade in med sina barn. "Ta ett rum hos flickorna. Det är ingen idé att öppna upp änkesätet bara för dig, eller hur?"

Lavinia hade visat sig vara en överraskande allierad när Marianne insisterade på att hon behövde sitt eget utrymme. Marianne misstänkte att det berodde på att Lavinia tyckte om att smita över för att hälsa på henne då och då och ta en paus från sin bullriga, krävande familj. Lavinia tog alltid med sig några kex och de delade en lugn kopp te innan de återvände till kaoset i huvudhuset.

Marianne tvivlade på att hon och Lavinia någonsin skulle bli vänner – det måste vara svårt för den nya grevinnan att ha en föregångerska som var tio år yngre än hon själv fortfarande kvar – och Lavinia var verkligen inte främmande för att utnyttja Mariannes beroende av dem för sina egna syften. Ändå skulle Marianne inte säga att hon var olycklig.

Inte så olycklig som hon hade varit, i alla fall, även om hon inte längre bar ljusa, dyra sidenklänningar och drack champagne på de mest exklusiva tillställningarna i London. Nu bar hon tunga klänningar i sorgens svart eller grått, trots att hennes officiella sorgetid var över för en månad sedan. Eftersom hennes make hade föredragit att bo i London större delen av året hade hon inget annat att ha på sig som passade för Creightons kalla vintrar, och med sex dussin klänningar redan i sin garderob vägrade Arthur att spendera ett enda öre till på kläder åt henne.

Kanske borde jag försöka sälja några av mina gamla klänningar, funderade Marianne, *eller byta dem mot några enklare, varmare.* Hon skulle säkerligen inte behöva lika många som hon en gång haft, inte ens när de begav sig till London för Dianas säsong.

Då skulle hon åtminstone få träffa Ellen igen, och tanken värmde henne. Hon slog sig ner i sin bekväma fåtölj nära elden i sin lilla salong, vecklade upp sitt brev och började läsa.

”Du ser anmärkningsvärt nöjd ut, faster Marianne”, anmärkte Arthur så fort hon kom in i salongen före middagen.

”Jag har fått en inbjudan att hälsa på min vän, lady Havers”, sa Marianne. ”Jag har redan meddelat henne om Dianas kommande debut, och hon föreslår att jag reser till Haverford för att besöka henne ett par veckor över jul och sedan följa med dem till London för att återförenas med er i tid för säsongens början.”

Arthur hade smuttat på ett glas vin; nu sänkte han det och stirrade på henne med rynkad panna. ”Varför skulle du göra det?”, frågade han, uppenbarligen genuint förbryllad.

"Hälsa på lady Havers?" Förvirrad i sin tur stirrade Marianne tillbaka. "Hon är min vän, Arthur, och jag ser väldigt mycket fram emot att träffa henne igen. Även om vi förstås skulle ses i London, kommer jag att vara mycket upptagen med Diana ..."

"Nej", Arthur skakade på huvudet. "Jag tror att det har skett ett missförstånd, faster Marianne. Du ska inte följa med till London."

"Va?" Marianne blinkade, förbluffad.

Lavinia mötte inte Mariannes blick när hon talade. "Du har gjort oss den mycket stora tjänsten att skriva introduktionsbrev till alla vi behöver känna, men du behöver inte följa med oss själv. Det vore faktiskt mycket bättre om du stannade kvar här med de andra flickorna och ägnade sig åt deras utbildning och deras framtid."

"Bättre för vem?", frågade Marianne, och nickade sedan när insikten grydde. "Ah ... för Diana, förstås. Ni vill inte att jag ska vara en distraktion för några potentiella friare, gissar jag."

"Du smickrar dig själv." Arthurs ansikte blev högrött. "Du är en penninglös änka. Vilken möjlig dragningskraft skulle du kunna ha på den sortens herrar som skulle uppvakta en greves dotter?"

"Jag har aldrig uppskattat falsk blygsamhet", informerade Marianne honom, "så jag nöjer mig med att säga att även när jag var en greves hustru fanns det aldrig någon brist på herrar som borde ha uppvaktat grevars döttrar men som föredrog att söka mitt sällskap istället. Trots att jag aldrig tilläts så mycket som att le i deras riktning, än mindre dansa med dem.”

Hon förstod precis hur det låg till, och i ärlighetens namn kunde hon inte klandra Arthur och Lavinia. Diana var en söt flicka med ett behagligt och stillsamt sätt, men i samma rum som Marianne skulle hon hamna i skymundan, och det visste de alla.

”Mycket väl”, sa Marianne efter några ögonblicks spänd tystnad. ”Om jag inte ska följa med er till London, så må det vara. Får jag åtminstone hälsa på min vän innan och återvända hit när de reser till London?”

”Nej”, sa Arthur, och hon visste att han inte skulle låta sig rubbas. Han stirrade på henne med sammanpressade läppar. ”Jag kommer inte att tillåta det.”

”Vilken tur då, att du varken är min make, min far eller min bror, och därför inte är i en maktposition att tillåta eller förbjuda mig någonting!” Mariannes humör blossade upp. Hon hade trott att hon var färdig med att kontrolleras av män när Creighton dog. Hon skulle inte tolerera det från en man som inte ens var släkt med henne genom blodsband!

”Kanske inte.” Arthurs leende var obehagligt. ”Men jag kommer absolut inte att tillåta att du använder *vår* vagn för att resa, och vad gäller pengar ...”

”Arthur”, sa Lavinia tyst. ”Det räcker.”

Det var nog tur att Lavinia ingrep, tänkte Marianne när hon vände sig om och stormade ut ur salongen med knutna nävar. *Om Arthur hade sagt ett ord till om min totala brist på medel hade jag slagit till honom, och gud vet var det hade slutat.*

I hallen kolliderade hon nästan med Diana och hennes näst äldsta syster Clarissa, som båda hoppade undan med förskräckta flämtningar. Hon stannade inte ens för att uppmärksamma dem, utan marscherade rakt ut genom sidodörren hon alltid använde och nerför den korta stigen till sin stuga.

Jag har bytt ett fängelse mot ett annat, tänkte hon och stampade med fötterna när hon gick fram och tillbaka i sitt lilla sovrum. Hon var fortfarande inte fri att leva sitt liv som hon ville, och det skulle hon troligen aldrig bli.

Följande morgon kurrade hennes mage, men Marianne kunde inte förmå sig att gå upp till huset för frukost och låtsas som om ingenting hade hänt kvällen innan. Hon hade tillbringat en sömnlös natt med att vrida och vända på sig, i ett misslyckat försök att finna en utväg ur sitt dilemma. Allt handlade i slutändan om pengar: något hon inte hade några av och inget sätt att skaffa några.

Även om hon kunde hitta en anställning som betald guvernant eller sällskapsdam skulle det vara bättre än att arbeta gratis för Arthur och Lavinia. Men vem skulle anställa henne? Det var inte som att hon hade några referenser. Även om det kanske fanns några rika köpmansfamiljer som skulle anställa henne bara för nyhetens skull att ha en grevinna som arbetade för dem, ryggade hon tillbaka för den tanken. Hur skulle hon ens gå till väga för att hitta en sådan anställning? Hon hade inte den blekaste aning om hur sådant gick till.

En knackning på ytterdörren överraskade henne, och hon suckade och gick för att öppna. Hon hade få besökare, och Lavinia knackade aldrig.

Det var en överraskning att finna Diana och Clarissa på tröskeln, båda med oroliga blickar. Clarissa räckte fram ett litet paket inslaget i en linneduk. "God morgon, faster Marianne. Vi ... vi tänkte att du kanske var hungrig."

Hon var inte för stolt, upptäckte Marianne, för att ta emot gåvan. Inuti fanns en halv limpa färskt bröd, en bit ost och flera skivor skinka. "Tack", lyckades hon få fram förbi en klump i halsen. "Det var väldigt snällt av er, flickor. Vill ni komma in?"

Ingen av flickorna hade någonsin varit inne i stugan, och de klev blygt in och såg sig omkring med stora ögon. Hon visade dem in i sin lilla salong, och de slog sig ner tillsammans i den lilla soffan, med axlarna nästan vidrörande varandra.

"Ursäktar ni mig ett ögonblick?" Hon väntade inte på deras medgivande innan hon gick mot köket.

När hon återvände efter att ha svalt några tuggor bröd, en bit ost och en skiva skinka, kände hon sig betydligt mer samlad. Hon satte sig i sin vanliga fåtölj vid elden och betraktade systrarna.

Det var bara lite mer än ett år mellan de två flickorna i ålder, visste Marianne, och de stod varandra mycket nära. Clarissa hade mer än en gång uttryckt sin bedrövelse över att Diana skulle till London för den kommande säsongen, men Marianne hade alltid antagit – felaktigt, insåg hon nu – att hela familjen skulle åka. Att Clarissa skulle lämnas kvar skulle vara upprörande för båda flickorna, och inte alls bra för Dianas nerver.

"Tack för att ni kom med mat till mig", sa Marianne slutligen när ingen av flickorna verkade benägen att bryta tystnaden. "Jag uppskattar er omtanke."

Diana tittade på Clarissa, och det var den yngre av systrarna som talade. "Jag vill också åka till London, faster Marianne."

"Självklart vill du det", sa Marianne förstående, "men jag ser inte vad du tror att jag kan göra åt saken." Clarissa och Diana måste ha hört allt kvällen innan när de tjuvlyssnade i hallen då Arthur förödmjukade Marianne. Det måste vara uppenbart för dem exakt hur lite inflytande Marianne hade.

"Om du inte var här, skulle mamma och pappa vara tvungna att ta med oss allihop." Diana lutade sig framåt. "Om du åkte för att hälsa på lady Havers, och sedan anslöt till oss i London. Eller kanske bodde hos Havers där och bara träffade oss ibland."

"Jag vet att ni båda tjuvlyssnade på scenen i går kväll, Diana, så ni vet redan att det inte är en möjlighet."

”Men tänk om du hade pengar att resa för?” Diana tog något från fickan på sin klänning. ”Vi tycker båda att pappa är väldigt elak mot dig, och efter igår kväll är det uppenbart att han bara vill hålla kvar dig här för att vara, tja, en guvernant, och han är för mycket av en snåljåp för att ens betala dig.”

Marianne bet sig i läppen. Hon tänkte inte tala illa om Arthur inför hans döttrar, men det verkade som om de såg honom ganska klart ändå.

”Mamma är dock generös med vår veckopeng, och vi har inte för vana att spendera den. Jag sa till pappa i morse att jag ville åka till Durham imorgon och köpa några småsaker innan vi åker till London, och han sa att vi kunde ta vagnen och gav mig till och med lite mer pengar.” Diana räckte fram portmonnän hon höll i. ”Det är inte i närheten av så mycket som du borde ha fått betalt, men vi tror att det borde räcka för att köpa biljetter till diligenser och rum på värdshus att sova i längs vägen till Herefordshire.”

Marianne tvekade. ”Vems idé var detta?”

”Min”, sa Clarissa bestämt. Även om hon var den yngre av de två var hon onekligen ledaren. ”Men vi är båda överens om att detta är det rätta att göra.”

Diana nickade instämmande och försökte trycka portmonnän i Mariannes hand. ”Snälla, ta den. Pappa kommer inte att ägna en andra tanke åt att du följer med oss till Durham imorgon för att handla, och även om du inte kan ta med dig mer än en väska ...”

"Jag skulle ändå inte kunna bära mer än en." Marianne fattade ett beslut och tog emot portmonnän. "Tack", sa hon uppriktigt. "Följ med mig, är ni snälla."

Diana och Clarissa följde henne uppför den smala trappan till hennes sovrum och det andra, mindre rummet bortom det som var avsett för en husa. Utan en egen husa använde Marianne det dock för sin garderob – alla de vackra klänningarna hon inte längre hade tillfälle att bära förvarades där.

"Åh", viskade Diana med ett ansikte fullt av förundran när hon blickade ut över den färgstarka synen framför sig. "Åh, så spektakulärt!"

"De flesta av dessa är tyvärr inte lämpliga för en debutant", sa Marianne beklagande och strök med fingrarna över en vinröd sidenklänning med en överklänning av guldspets. "Men det finns några här i ljusare färger, och du har nästan exakt samma storlek som jag, Diana. De skulle kräva minimala ändringar för att du skulle kunna bära dem." Säkert rörde hon sig bland de hängande klänningarna och valde ut en i blekaste rosa, en annan i vårgrönt med ett litet tryck av rosa sidenblommor, och en silversatinklänning som hon själv aldrig hade tyckt om men som skulle se fantastisk ut med Dianas mörkbruna hår och ögon.

"Här", hon lade dem i en hög i Dianas armar innan hon öppnade lådorna i en byrå och vinkade till Clarissa. "Du är inte ute i societeten än, så jag är rädd att ingen av klänningarna skulle passa dig, men det finns gott om band och spetsar här. Ta vad du vill; det är ditt."

"Vi kan inte ta dina vackra saker, faster Marianne", protesterade Clarissa.

"Se det som ett utbyte." Marianne vägde portmonnän i sina händer.

"Det vi gav dig skulle inte köpa en enda av dessa klänningar!" utbrast Diana och försökte ge tillbaka dem, men Marianne vägrade att ta emot.

"Ni har fel, mina kära flickor. Ni har gett mig min frihet. Jag kan inte ta med mig dessa, och jag ser mycket hellre att ni bär dem än att de ligger här och möglar. Allt jag lämnar kvar är ert; jag ger det till er av fri vilja."

Överväldigade trängde sig båda flickorna tätt intill för att omfamna henne och tacka henne översvallande, men Marianne visste att de hade gett henne den största gåvan.

KAPITEL FYRA

*Havers Hall, Herefordshire,
mitten av december 1819*

FEM DAGAR SENARE GICK Marianne långsamt uppför den långa, trädkantade uppfarten till Havers Hall, med väskan som tyngde hennes trötta arm. Det hade varit en lång, kall och utmattande resa från Creighton, och den sista etappen hade varit den värsta. Hon hade betalat en bonde som var på väg från Worcester till Haverford för att få skjuts, men han hade släppt av henne vid början av uppfarten med en kommentar på så tjock dialekt att hon inte hade förstått mer än vartannat ord.

Två av orden hade dock varit "Havers Hall", och i kombination med hans pekande finger och glada leende hade hon tolkat det som att slutet på hennes resa äntligen närmade sig.

En promenad på nästan en kilometer var det sista hon ville, men hon hade inte mycket till val. Hon uppbådade sina sista krafter och bad en bön om att Ellen och Thomas var hemma, sedan släpade hon sig uppför den långa grusgången, nästan för trött för att kunna uppskatta det vackra huset som kom till synes.

Havers Hall var en stor byggnad av gyllene sten, som sannolikt skulle ha glött i solskenet en sommardag, men som ändå lyckades se storslagen ut även en grå decemberdag med hotande regnmoln. Ju närmare hon kom, desto mer skrämmande såg huset ut, och Marianne kände sig nervös inför mottagandet när hon gick uppför de breda, låga trappstegen till de stora dubbeldörrarna vid huvudentrén.

De kanske säger åt mig att gå runt till baksidan, till köksingången, tänkte hon och fnissade lite för sig själv. Hon bar en av sina enklaste klänningar, en mörkgrå ylleklänning som var praktisk att resa i men knappast glamorös.

Dörren öppnades genast när hon knackade, och en högdragen butler granskade henne från topp till tå innan han sa: "Kan jag stå till tjänst, ers nåd?"

"Marianne, lady Creighton." Hon försökte sig på sin mest högdragna ton i gengäld och måste ha lyckats åtminstone till viss del, för butlern såg en aning förvånad ut och klev omedelbart åt sidan för att välkomna henne in i huset.

"Jag ber så mycket om ursäkt, ers nåd. Jag förstod det som att ni inte väntades förrän om en vecka eller så, men lord och lady Havers kommer utan tvivel att bli förtjusta över att få välkomna er."

"Tack", mumlade Marianne, lättad.

"Jag är Allsopp, butlern. Får jag ta er väska? Och, äh, resten av ert bagage?"

”Senare, Allsopp”, mumlade hon och lät honom med en känsla av lättnad ta väskan ur hennes stelfrusna fingrar.

Han klev åt sidan med den och drog i en klocksträng, och ögonblicket senare kom en betjänt in i den storslagna hallen. ”Matthew, var vänlig och meddela ers nåd att hennes gäst, lady Creighton, har anlänt tidigare än väntat.”

Ordern blev överflödig ett ögonblick senare då Ellen, lady Havers, kom nerför trappan, klädd i en blå klänning som man skulle kunnat tro var alldeles för enkel för en dam av hennes rang om man inte kände Ellen. Ett leende spred sig över Mariannes trötta ansikte vid åsynen av sin vän; det verkade som om Ellen inte hade förändrats i grunden trots att hon nu var grevinna.

”Marianne?” sa Ellen misstroget.

Jag måste se hemsk ut, tänkte Marianne, *blek, trött och smutsig av resdamm*. Ellens glädje över att se henne var dock äkta, och hon fann sig själv indragen i en varm om-famning.

”Kära Marianne, du skickade inget brev om att du skulle komma tidigt! Faktum är att vi inte har fått något brev från dig alls; jag hoppades att du skulle tacka ja till inbjudan ... Men du skakar ju av köld! Kom in i biblioteket, där är det ljuvligt och varmt. Se till att det skickas in hett te omedel-bart, Allsopp, och vadhelst kocken snabbt kan svänga ihop för att värma lady Creighton, är ni snäll.”

”Genast, ers nåd”, sa Allsopp till deras ryggar när Ellen lade armen om Marianne och ledde henne genom en dörr in i ett vackert bibliotek, ljust och luftigt, helt olikt det mörka, murriga rummet på Creighton Hall. En brasa sprakade muntert i den öppna spisen. Snart fann sig Marianne nedtryckt i en bekväm fåtölj, medan Ellen tog en schal från ryggstödet på en annan stol i närheten och lade den om hennes axlar.

"Så där ja, vi ska snart få dig varm. Jag är så glad att se dig."

Marianne kände sig ganska löjlig för att hon blev så rörd av Ellens glada välkomnande att tårarna kom, men hon kunde inte hejda de tjocka dropparna som hotade att spillas över.

Känslig och snäll som hon var såg Ellen hennes nöd och tryckte omedelbart en näsduk i hennes händer. "Tyst nu. Du är trött och uppriven. Vi ska dricka lite hett te så kan du berätta allt senare."

Tacksam för att Ellen inte pressade henne återfann Marianne långsamt fattningen över te och scones, varma från ugnen och drypande av smör och sylt. Hon tog sig tid att betrakta sin vän och tänkte att äktenskapet helt klart passade Ellen. Den unga grevinnan nästan strålade, och även om hennes klänning var enkelt skuren, lade Marianne nu märke till tygets kvalitet och det fina broderiet i en nyans mörkare än det fina yllet som dekorerade livet. Hennes mörkbruna hår var vackert lockat och uppsatt, med flätor som slingrade sig som en krona runt huvudet, medan hennes vänliga bruna ögon lyste av lycka.

Avundsjukan vred sig i Mariannes mage, och hon tittade ner i sin tekopp och tillrättavisade sig själv i tysthet. Ellen förtjänade sin lycka. Hon hade förlorat sina föräldrar, sitt hem, alltihop. Om inte Thomas nästan av en ren slump hade ärvt grevskapet och blivit kär i sin avlägsna kusin, vem visste vilka omständigheter Ellen kunde ha tvingats leva under? Marianne hade åtminstone aldrig behövt oroa sig för att ha tak över huvudet, inte ens nu.

”Min husfru har nog sett till att er svit är vädrad och varm nu”, sa Ellen när de druckit ur sitt te, ”så låt mig följa er upp så att ni kan fräscha upp er. Vill ni komma ner till middagen ikväll, eller vill ni äta på en bricka i ert rum? Det är bara Thomas och jag för tillfället, eftersom våra andra gäster inte väntas anlända förrän nästa vecka, men vi skulle bli mycket glada över ert sällskap. Och sedan kanske ni vill berätta för oss vad det är som gör att ni dyker upp på vår tröskel i ett sådant tillstånd, ensam, med endast en liten väska?”

Ellens ord var milda, men de väckte en ny våg av skuld hos Marianne. ”Ja”, samtyckte hon och såg upp för att möta sin väns vänliga leende. ”Ja, jag skulle älska att äta middag med er båda, och jag ska berätta allt då.”

Marianne hade tagit med sig en fin klänning, en lavendelfärgad sidenklänning som gick att rulla ihop förvånansvärt litet. Kammarjungfrun som Ellen hade skickat för att passa upp på henne strök den medan Marianne njöt i ett kopparbadkar fyllt med ångande vatten och välluktande tvål, där hon blötte av sig resdammet och lät sina ansträngda nerver slappna av. Hon hade knappt sovit sedan hon lämnat Creighton, och känslan av att äntligen vara trygg och varm fick hennes ögonlock att sjunka av trötthet.

"Ers nåd", sa kammarjungfrun tyst, "ska jag skölja ert hår nu? Annars blir det för lite tid att torka det innan middagen."

"Ja, tack", sa Marianne och sköt sig lite motvilligt framåt för att sätta sig upp. "Jag är ledsen, jag uppfattade inte ert namn tidigare?"

"Jean, ers nåd." Hon hade ett gott handlag, varsam när hon tvättade Mariannes långa, vågiga rödbruna hår och kammade ut tovorna. Hon kramade det sedan hårt i en tjock linneduk för att pressa ut så mycket vatten som möjligt innan hon hjälpte Marianne ur badet och svepte in henne i en vacker sidenmorgonrock som absolut inte hade legat i Mariannes lilla väska.

"Kom och sätt er vid brasan, ers nåd, så ska vi torka ert hår", uppmuntrade Jean, och Marianne följde efter, mer än glad att få sjunka ner i den bekvämt stoppade fåtöljen och krypa upp med fötterna under sig, med huvudet lutat mot lågorna.

Hon måste ha slumrat till medan Jean återgick till att stryka hennes klänning och ta hand om hennes andra kläder, som alla behövde tvättas, för nästa sak hon visste var att Jean försiktigt väckte henne och hennes hår var helt torrt.

"Ni verkar väldigt trött, ers nåd. Är ni säker på att ni inte vill ha en bricka här och gå och lägga er direkt? Jag är säker på att greven och grevinnan inte skulle ha något emot det ..."

"Nej, nej," Marianne viftade bort Jeans oro. "Jag tackar er, men jag känner mig mycket piggare efter den lilla vilan, och jag ser fram emot att träffa lord Havers igen." Hennes mage valde just det ögonblicket att kurra högljutt, och hon småskrattade. "Jag måste erkänna att jag känner mig ganska utsvulten också!"

"Som ni önskar, ers nåd", sa Jean med ett litet skratt. "Hur vill ni att jag ska sätta upp ert hår?"

Eftersom Marianne inte ville besvära Jean alltför mycket, nöjde hon sig med en enkel knut av flätor i nacken, med några lockar som hängde löst vid sidan av ansiktet. Inte för första gången var hon tacksam för sitt naturligt vågiga hår; det lockade sig mycket lätt och krävde lite arbete för att arrangeras i vilken modern frisyr hon än önskade.

Mycket snart följde hon samma unga betjänt som hade tagit hennes väska vid hennes ankomst längs de vindlande korridorerna i den gamla, storslagna herrgården och beundrade målningarna på väggarna, de vackert polerade trägolven och tjocka mattorna, den oklanderliga renligheten i allt. "Det måste krävas en armé av tjänare för att hålla herrgården i detta skick", funderade Marianne högt.

"Lord och lady Havers avvisar ingen som behöver anställning", svarade betjänten, till hennes lilla förvåning. "De har startat ett program för att utbilda unga män och kvinnor som vill arbeta som tjänstefolk, och tjänare utbildade på Havers Hall är nu mycket efterfrågade i hela grevskapet. En skola i byn har också öppnats, och alla lokala pojkar och flickor lär sig att läsa och skriva."

Betjänten lät ganska misstrogen, och Marianne antog att det var tämligen oerhört att lära barn av folket att läsa och skriva. Särskilt flickorna. Det lät dock väldigt likt den omtänksamma Ellen hon kände och hennes jämlikhetssträvande amerikanska make. "Så underbart", sa hon uppmuntrande när de gick nerför den stora trappan. "Och är du en av dessa praktikanter?"

"Ja, ers nåd. Är det så uppenbart?" Han såg ganska bestört ut, och hon försökte att inte skratta.

"Inte alls, jag skulle aldrig ha gissat det. Jag var bara nyfiken", sa hon vänligt, även om de flesta betjänter inte skulle ha talat med henne om hon inte ställt en direkt fråga. Utan tvekan skulle den unge mannen lära sig den regeln när han avslutade sin utbildning, även om hon tyckte att hans avslappnade, informativa attityd var ganska uppfriskande.

Allsopp, butlern, stod i hallen vid foten av trappan, och han bugade djupt för henne när hon tog det sista steget. "God kväll, lady Creighton. Lord och lady Havers väntar på er i salongen." Han gav tecken åt henne att följa honom.

Thomas och Ellen stod vid brasan, djupt försjunkna i samtal, men de avbröt sig genast med välkomnande leenden när Allsopp förde in Marianne i salongen och presenterade henne formellt.

"Lady Creighton, det är en fröjd att se er igen." Thomas bugade formellt över hennes hand. "Ellen är överlycklig att ni kunde komma så snart."

Marianne log mot honom. "Jag är överlycklig över att vara här ... och snälla, kalla mig Marianne. Eftersom jag tränger mig på er gästfrihet utan förvarning, verkar det ganska löjligt att insistera på formaliteter."

Thomas småskrattade och nickade. "Jag är säker på att du vet att formella tilltal inte faller sig naturligt för mig ändå", sa han uppriktigt, "så jag är mycket glad att höra dig säga det, Marianne. Du måste naturligtvis kalla mig Thomas."

"Naturligtvis", upprepade hon och lät Ellen ta hennes hand och dra henne närmare brasan medan Thomas hällde upp ett glas sherry åt henne att avnjuta före middagen.

Med värmen från deras välkomnande och en utmärkt middag framför sig kände sig Marianne bekväm och trygg nog att långsamt avslöja vad som hade fått henne att lämna Creighton med sådan brådska och i hemlighet. Ellen blev högljutt upprörd för hennes räkning och förklarade sig äcklad av Arthur och Lavinia för deras försök att förbjuda Marianne från London.

"Dina brorsdöttrar låter dock som rara flickor!" förklarade Ellen när Marianne förklarade hur Diana och Clarissa hade möjliggjort hennes flykt. "Jag ser fram emot att träffa dem i London, och naturligtvis måste du följa med oss dit och stanna hos oss under säsongen. Du är välkommen att bo hos oss så länge du vill, käraste, för livet om det skulle behövas. Och tro mig när jag säger att jag absolut inte förväntar mig att du ska agera som en obetald guvernant eller sällskapsdam! Faktum är, om du skulle vara intresserad", hon kastade en blick på Thomas, som nickade välvilligt, "finns det ett antal unga kvinnor i Haverford som definitivt skulle dra nytta av att umgås med en dam av din kvalitet och med dina talanger. Jag tvivlar inte på att vi skulle kunna hitta något betalt arbete åt dig, om du så önskade."

"Det skulle jag uppskatta mycket", sa Marianne tappert, även om hon aldrig hade arbetat en dag i sitt liv.

Thomas gav henne en insiktsfull blick, men sa ingenting medan Ellen fortsatte.

"Faktum är, om du skulle vara villig, skulle jag själv uppskatta dina råd oerhört. Jag har aldrig varit värdinna för en bjudning, och det finns tusen och ett sätt jag skulle kunna göra ett spektakulärt socialt snedsteg. Din hjälp skulle vara ovärderlig ... Thomas, min käre, skulle du kunna ta reda på den gängse taxan för en betald sällskapsdam? Jag vill vara säker på att jag inte utnyttjar Marianne ..."

"Absolut inte", sa Marianne samtidigt som Thomas sa;

"Självklart, min älskade."

"Jag skulle inte kunna ta emot betalning för att hjälpa dig, Ellen", fortsatte Marianne. "Var snäll och se det som mitt tack för er ytterst generösa gästfrihet. Vad jag än kan göra för att hjälpa dig, behöver du bara be."

"Det kommer jag absolut att göra." Ellens leende var lite fräckt. "Du kommer kanske att ångra ett så generöst erbjudande!"

"Aldrig." Tacksam bortom alla gränser för Ellens vänlighet och förståelse, sträckte Marianne ut handen för att fatta hennes. "Tack", sa hon mjukt och såg från Ellen till Thomas och tillbaka igen. "Tack båda två så mycket."

"För all del", talade Thomas för dem båda, och Ellen klämde Mariannes hand i gengäld. "Vad har man annars vänner till?"

KAPITEL FEM

JAG ÄR OERHÖRT LYCKLIGT lottad som har sådana vänner, funderade Marianne medan hon lät Jean sätta upp hennes hår följande morgon. Även om hon bara hade en enkel klänning att bära hade den blivit rentvättad, struken och återlämnats till henne samma morgon och den såg ut som ny. Hon tackade Jean översvallande, men kammarjungfrun såg bara förvånad ut innan hon upplyste henne om att Havers Hall hade ett veritabelt överflöd av tvätterskor som mer än gärna skulle hjälpa henne.

”Kommer resten av din garderob snart, ers nåd?” frågade Jean finkänsligt medan hon satte i den sista hårnålen för att fästa flätarrangemanget hon skickligt hade åstadkommit av Mariannes tjocka, rödbruna hår.

”Jag är rädd för att den inte gör det”, erkände Marianne.

Jean snörpte tankfullt på munnen. ”Du är längre än lady Havers, men mer i samma storlek som lady Louisa, den förre jarlens dotter”, sa hon. ”Hon orsakade en fruktansvärd skandal förra året när hon rymde med en betjänt från Londonhuset. Hon lämnade en hel garderob efter sig. Kanske du kan prata med lady Havers om att anpassa några av plaggen för ditt bruk?”

"Det skulle jag absolut inte kunna", avböjde Marianne, men hon tänkte längtansfullt på de fantastiska klänningar som Lady Louisa Havers hade brukat bära. Louisa, som var Thomas kusin, hade hoppats på att bli nästa grevinna av Havers genom att gifta sig med Thomas, men han hade valt Ellen istället och Louisa hade försvunnit i en skandal som hade varit samtalsämnet i London ... åtminstone tills Mariannes make plötsligt dog dagen efter Thomas och Ellens bröllop.

Jean såg snarare eftertänksam ut än som om hon accepterade Mariannes vägran, och Marianne misstänkte att kammarjungfrun ämnade ta upp ämnet via en omväg, högst troligt via Ellens personliga kammarjungfru. Nåväl, låt gå. Marianne kunde absolut inte fråga själv, även om hon skulle vilja ha något elegantare att bära.

En annan ung betjänt väntade utanför hennes dörr för att eskortera henne till frukostrummet, ett helt annat rum än det där de hade ätit middag kvällen innan. Hon fick nu veta att det kallades Ekmatsalen på grund av de ekpanelklädda väggarna. Det fanns också Stora matsalen för när fler än tjugo väntades till middag.

"Och väntas det fler än tjugo till bjudningen?" frågade Marianne den pratsamma unge mannen. Hon hade inte deltagit i en så stor sammankomst sedan hon lämnade London förra året i kölvattnet av sin makes död.

"Inte som ska bo på herrgården, nej, ers nåd, men det planeras flera tillfällen dit fler kommer att bjudas in. Lokalt herrskap, förstår ni."

"Verkligen", instämde Marianne och fann att hon såg fram emot bjudningen med entusiasm. Hon hade alltid tyckt om sociala tillställningar, även om hennes nöje vanligtvis hade begränsats av hennes makes stränga restriktioner. Att ha friheten att dansa och prata med vem hon ville, man eller kvinna, var en efterlängtad ynnest.

Ellen var ensam i frukostrummet och åt muffins med björnbärssylt när Marianne kom in.

"God morgon!" utbrast Ellen och sköt undan tidningen hon hade läst. "Sätt dig, är du snäll." Hon vinkade mot stolen bredvid sig. "Vill du ha te, kaffe eller choklad? Hugh hämtar färskt åt dig. Och säg gärna till Jacob vad du vill ha till frukost."

Två olika betjänter stod redo att rusa iväg på hennes befallning, noterade Marianne roat. Ellen måste tillbringa dagarna med att hitta på uppgifter för att hålla all sin personal sysselsatt. Inte undra på att allt i herrgården såg så perfekt ut.

"Te skulle vara förtjusande, tack", sa hon till Hugh och vände sig sedan till den andra betjänten. "Och jag har en svaghet för pocherade ägg med smörat rostat bröd, om det inte skulle vara för mycket besvär för er kock?"

"Inte alls, ers nåd." Jacob bugade sig och Ellen och Marianne lämnades ensamma en kort stund medan de två betjänterna skyndade iväg för att hämta hennes frukost.

Ellen log varmt mot henne när Marianne satte sig tillrätta i sin stol, och sedan sa hon till Mariannes yttersta förvåning: "Vad skulle du vilja göra idag?"

Marianne stirrade på henne med öppen mun. Hon stirrade så länge att Ellen började skruva på sig och uppenbarligen blev lite obekväm.

”Är det något som är fel, Marianne?”

”Jag försökte minnas när jag senast fick den frågan”, sa Marianne med viss svårighet och kände hur tårarna vällde upp, ”och vet du vad, jag tror inte att någon *någonsin* har frågat mig det.”

”Åh!” Ellens hand flög upp till munnen. I hennes ögon, som svämmade över av sympati, såg Marianne att hennes vän förstod djupet av vad hennes fråga innebar. Ett val, fritt givet till någon som aldrig hade haft något.

Att Hugh återvände med Mariannes te satte punkt för det känslosamma ögonblicket, även om Marianne fortfarande var tvungen att ta flera klunkar och några djupa andetag innan hon kände sig kapabel att tala igen. ”Vad föreslår du?” frågade hon Ellen. ”Jag skulle älska en rundtur i herrgården, men om du har några andra idéer är jag idel öra.”

”En rundtur låter alldeles utmärkt”, sa Ellen uppmuntrande, ”särskilt eftersom det ska regna hela dagen idag. Efter ett år här tror jag att jag åtminstone har lärt mig att hitta. Eller äntligen, ska jag kanske säga. Jag kan inte berätta för dig hur många gånger jag har gått vilse; Allsopp har fått skicka ut mer än en sökgrupp efter mig!”

Marianne skrattade, precis som Ellen uppenbarligen hade tänkt sig. ”Dessa enorma gamla hus är förskräckliga, eller hur? Creighton Hall är mycket likadant. Medan fasaden ser både sammanhängande och elegant ut, finns det ofta ett hopkok av ändringar och tillbyggnader bakom som gör huset till en absolut röra."

"Verkligen", nickade Ellen, "och trots att han hade alla pengar i världen var den gamle jarlen en fullkomlig snåljåp. Han stängde av halva herrgården, anställde inte tillräckligt med tjänstefolk för att hålla rummen i gott skick och lät dem förfalla. Thomas och jag har öppnat upp dem, inrett på nytt och beställt nya möbler, mattor och gardiner från lokala tillverkare. När allt äntligen är klart tänkte vi att en bjudning vore ett trevligt sätt att fira att herrgården är helt öppen igen."

"Mycket trevligt", instämde Marianne.

"Men jag behöver verkligen dina råd. Thomas har ingen aning, förstås, och jag ... tja, rangordning är fortfarande lite av ett mysterium för mig. Det har alltid varit alla andra före, sedan jag onekligen längst ner." Ellen log vemodigt. "Jag har ingen aning om vem som ska få den bästa gästsviten: en änkehertiginna eller en markis? Kommer en utblottad jarls syster, som är änka, före en förmögen arvinge till en viscounttitel?"

"Hertiginnan, och ja, det skulle hon, för damer kommer alltid före herrar", sa Marianne och skrattade när Ellen såg bestört ut.

"Gudskelov att du kom tidigt! Jag har gjort allt helt fel!"

"Vi kommer snart att ha rett ut allt", lovade Marianne när hennes frukost ställdes framför henne med stor ceremoni. "Så fort jag har gjort denna fantastiska frukost rättvisa kan du hämta vilka anteckningar du än har, så sätter vi igång."

Med Mariannes erfarna hjälp och en armé av tjänstefolk som mer än gärna skyndade att uppfylla hennes minsta önskan, hade Ellen snart en plan för att inkvartera sina ankommande gäster som hon kände sig mycket mer säker på. De tillbringade hela förmiddagen med att gå runt i huset, inspektera sovrummen och linnet, innan de upptäckte att de var ganska utsvultna när Allsopp dök upp för att finkänsligt föreslå att de kanske skulle vilja ta en paus för en lätt lunch som kocken hade förberett åt dem.

”Är klockan redan nästan tolv?” frågade Ellen, förvånad.

”Jag tror det måste vara det, för min mage har kurrat den senaste halvtimmen åtminstone”, erkände Marianne.

Ellen lade sin arm i Mariannes och log. ”Jag är en usel värdinna, som du ser. Här i mindre än en dag, och redan låter jag dig arbeta för mycket och svälta!”

”Struntprat.” Marianne skrattade åt Ellens retsamma ton. ”Jag är förtjust över att vara till nytta, det lovar jag, och jag märker att jag ser fram emot att träffa dina gäster.”

”Nå, vi kommer att vara en brokig skara.” Ellen ledde henne tillbaka genom den förvirrande labyrinten av korridorer till den centrala delen av huset och till den vackra salongen där de hade ätit frukost. ”Jag hoppas kunna göra det till något av en tradition, att samlas på Havers Hall för en julbjudning.”

"En charmerande idé, och du kan räkna med min närvaro i framtiden. Om jag blir bjuden, vill säga", tillade Marianne.

"Självklart blir du det, och i framtiden kommer jag att instruera Thomas att skicka vagnen för att hämta dig också, så att alla ytterligare problem med transport undviks!" Ellen var ganska indignerad å Mariannes vägnar, upprörd över att Arthur och Lavinia hade nekat hennes begäran att resa och i praktiken försökt förvandla henne till en oavlönad sällskapsdam åt sina barn.

"Tack, min kära", sa Marianne och klämde tacksamt Ellens arm innan hon släppte taget och satte sig vid bordet.

Thomas kom in för att göra dem sällskap, och Ellen hoppade upp för att hälsa på honom, hennes ansikte strålande. De utbytte en diskret kyss innan de satte sig.

"Hur har ni tillbringat förmiddagen, mina damer?" frågade Thomas medan betjänterna serverade dem soppa och bröd, och hällde upp koppar med en grumlig äppelcider som, serverad varm, var absolut utsökt. Marianne var inte van vid att äta en ordentlig måltid vid den här tiden på dagen, men hon fann att det var en trevlig idé, och hon var hungrig efter deras ansträngningar under morgonen.

Marianne smuttade på sin kopp medan Ellen redogjorde för deras aktiviteter och Thomas lyssnade med all uppenbarhet av intresse och lade till några kommentarer då och då. Han hade tydligen tillbringat morgonen med en av arrendatorerna och diskuterat årets skördar och vilka frön som skulle sås vid nästa skörd.

Marianne kunde inte minnas att hennes make någonsin hade bekymrat sig om något så världsligt, så alldagligt. Han hade överlåtit alla sådana beslut till sin godsförvaltare, nöjd med att bara räkna vinsterna och fördela en del av dem till sina investeringsrådgivare. En annan del hade anslagits till Marianne, med nya klänningar som tillverkades för henne av Londons finaste modeskapare varje vecka. Hon hade inte varit något mer för honom än en prydnad, något vackert och dyrt som ingen annan kunde ha. Han hade aldrig uppmuntrat henne att delta i skötseln av hushållet, trots att hon var en viscounts dotter och hade blivit välutbildad i förvaltningen av ett stort hus.

Att hjälpa Ellen idag var det mest givande Marianne hade tillåtits göra på flera år, och hon fann sig själv hoppas att Ellen skulle fortsätta vilja ha hennes synpunkter och råd under hela bjudningen.

Det här måste vara hur det är att ha en bror och syster, tänkte Marianne medan måltiden fortskred och Thomas och Ellen glatt inkluderade henne i sitt småprat. Hennes bror hade dött i strid mot Napoleon när hon bara var tretton, och han hade varit fem år äldre, så hon mindes honom bara lite. Kanske hade de kunnat vara vänner, åtminstone, om han hade levt.

Hon kände sig så väldigt bekväm med Thomas och Ellen, övertygad om att hon kunde berätta vad som helst för dem eller be om deras hjälp och få den fritt given, utan förväntan på återbetalning. När Thomas i förbigående meddelade henne att han hade skickat två tjänare och en vagn för att hämta hennes garderob från Cumbria och att de borde vara tillbaka innan bjudningen började på allvar, hade Marianne svårt att hålla tårarna tillbaka.

Det visade sig att man ibland inte behövde fråga.

KAPITEL SEX

EN VECKA SENARE KÄNDES det för Marianne som om hon hade bott på Havers Hall halva sitt liv. Hon var nu du med varenda medlem av den (mycket stora) personalstyrkan och hittade lika bra i det vackra gamla huset som Thomas och Ellen. Om hon inte riktigt kom ihåg namnet på varenda Haversförfader i porträttgalleriet, så var de ju inte *hennes* förfäder.

Marianne satt med Ellen i den stora, vackert inredda salongen där gäster vanligtvis togs emot. De första gästerna till bjudningen väntades idag, men eftersom Thomas var ute på godset var det för tillfället bara de två som väntade, båda nedsjunkna i bekväma fåtöljer vid brasan med varsin bok i handen.

Läsning var en annan glädje som Marianne hade återupptäckt. Creighton hade i stort sett förbjudit henne att läsa, inte tillåtit henne att köpa några böcker eller gå med i ett lånebibliotek och vägrat henne tillgång till sitt eget bibliotek. Ellen var däremot en hängiven bokmal, liksom Thomas, och de tyckte båda om att tillbringa minst en timme eller två om dagen bekvämt försjunkna i en bok. Ellen hade uppmuntrat henne att välja vad hon än önskade från deras breda samling, och Marianne hade snart funnit sig njuta av den tysta timmen mellan boksidorna, då hon upptäckte de underbara världar som levde i fantasin.

Ljudet av hovar och vagnshjul fick båda kvinnorna att se upp, och Marianne lade ett band mellan sidorna och stängde beklagande sin bok.

"Du kan läsa klart den senare", sa Ellen med ett leende, då hon uppenbarligen såg hennes besvikelse.

"Jag måste medge att jag tycker mycket om den. Att avvisa två friare! Elizabeth Bennet hade verkligen tur som hade en stöttande far som inte tvingade henne att gifta sig med mr Collins, men jag hoppas verkligen att hennes mor inte får reda på att hon avvisade mr Darcy också."

Ellen skrattade. "Jag ska inte avslöja handlingen för dig, men jag är väldigt glad att du tycker om den. Jag trodde att du skulle uppskatta en berättelse där hjältinnan får möjlighet att säga nej – och att tala om för sina olämpliga friare precis vad hon tycker om dem!"

"Det gör jag verkligen." Marianne suckade lyckligt. "Jag ska vara ärlig – det största nöjet jag får ut av den är den säkra vetskapen om att Creighton skulle ha blivit rasande vid blotta tanken på att jag skulle få läsa den."

Ellen fnissade. Under de senaste dagarna hade de blivit så nära vänner att Marianne kände sig trygg nog att anförtro Ellen hur mycket hon hade hatat sin man, föraktat och fruktat honom. Det fanns vissa saker om sitt äktenskap som hon tvivlade på att hon någonsin skulle kunna prata om, men på ett sätt hade det varit renande att berätta för Ellen vad hon kunde. När de gick nerför trappan till entréhallen tänkte Marianne återigen på hur glad hon var att Ellen hade satt sig bredvid henne i panelhönornas hörna där Marianne hade gömt sig för sin man på balen där de först hade träffats.

Allsopp höll på att öppna dörrarna, med två betjänter redo att skynda nerför trappstegen och hjälpa gästerna ur vagnen som stannade. Fyra stiliga fuxar drog en vagn av yppersta kvalitet, uppenbarligen helt ny, men utan något släktvapen på dörrarna. *Nya pengar*, bedömde Marianne. Inte för att hon brydde sig. Creightons pengar var mycket gamla, och hon föraktade varenda vuxen manlig medlem av den blodslinjen.

”Familjen Alleyne”, viskade Ellen när en betjänt öppnade vagnsdörren och en vacker kvinna i sen medelålder, klädd i en praktisk klänning under en tung yllemantel, steg ner med ett välkomnande leende.

”Jag tror inte att jag känner dem.” Marianne såg en herre med kal hjässa och ett vänligt ansikte stiga ner härnäst.

”Sir Tobias och lady Alleyne – Isabelle. Deras dotter Leonora gjorde sin debut i höstas. Hon är en erkänd panelhöna, men har den vackraste sångrösten; jag kommer att be henne underhålla oss om kvällarna.”

Leonora var uppenbarligen den unga damen som steg ner med ett blygt leende och ett tack till betjänten som hjälpte henne. Med musbrunt hår, ett runt, rosigt ansikte och en figur som var aningen för rund för modet kunde Marianne se varför flickan var en panelhöna. Hon skulle inte kunna konkurrera med societens skönheter.

”Hon ser rar ut. Det ska bli trevligt att lära känna henne och hennes föräldrar.”

Ellen gav henne en tacksam blick när familjen gick uppför trappan för att ansluta sig till dem. De hade fått sällskap av en ung man på omkring tjugo år. Lång och smal, med samma musbruna hår som Leonora.

”Välkomna till Havers Hall”, sa Ellen.

”Lady Havers”, sa lady Alleyne. ”Det är så roligt att se er igen. Havers Hall är ännu vackrare än jag föreställt mig. Tillåt mig att presentera vår son, Joseph.”

”Ett nöje att träffa er, mr Alleyne.” Ellen räckte fram handen och Joseph bugade helt korrekt över den. Marianne var mycket stolt över Ellen när hennes vän kom ihåg det korrekta sättet att presentera personer av lägre rang för henne; hon vände sig till Marianne och sa: ”Lady Creighton, tillåt mig att presentera mina vänner sir Tobias och lady Alleyne, och deras barn mr och miss Alleyne. Marianne, lady Creighton”, vände hon sig tillbaka till familjen Alleyne, som bugade och neg.

”Det är ett nöje att träffa alla vänner till Ellen”, sa Marianne med ett varmt leende och räckte fram handen till lady Alleyne, som såg en aning överväldigad ut när hon lätt vidrörde Mariannes fingrar. ”Jag är förtjust över att få göra er bekantskap.”

”Åh, vi är mycket hedrade över att få göra er bekantskap, lady Creighton!” sa lady Alleyne översvallande, medan hennes ögon tog in varje detalj av Mariannes utseende. ”Leonora, nig nu, flicka. Och Joseph!” Hon tittade på sin son, som stirrade på Marianne som om han plötsligt hade fått en skymt av paradiset. "Åh … jag tror jag har glömt något i vagnen. Joseph!" Efter att ha lyckats fånga hans uppmärksamhet skickade hon tillbaka honom för att hämta en näsduk, trots att Marianne tydligt kunde se en kika fram från hennes ärm, och fortsatte prata utan att missa ett slag, och kommenterade allt från vägarnas skick till charmen hos det lantliga värdshus där de hade övernattat.

När presentationerna var avklarade och lady Alleyne äntligen började tappa farten på sina kommentarer, visade Ellen in familjen Alleyne och instruerade väntande pigor att eskortera de nyanlända gästerna till de sviter hon hade tilldelat dem.

"Vi skulle bli mycket glada om ni ville göra oss sällskap för en lättare lunch klockan ett?" bjöd Ellen, och lady Alleyne tackade ja för familjens räkning och förklarade att de skulle tvätta av sig och komma ner direkt.

"De verkar trevliga", anmärkte Marianne när hon och Ellen återvände till salongen.

"Det är de; jag bad att få bli presenterad för Leonora efter att jag hört henne sjunga och blev förtjust i henne. Hon ser ut som en liten grå mus, men är mycket spirituell och klok. Sir Tobias uppfann en ny typ av ammunition under kriget, för vilken han fick sin riddartitel, och har uppfunnit en mängd andra smarta saker. Jag är alltid fullständigt fascinerad av hans konversation, när man väl får honom att prata."

Vilket kan vara lite besvärligt när lady Alleyne är närvarande, anade Marianne. Kvinnan verkade vara ganska pratsam av sig, om än trevlig nog.

De höll just på att sträcka sig efter sina böcker när ljudet av en annan vagns hjul fick Ellen att resa sig igen.

"Du behöver inte följa med ner om du inte vill", sa hon. "Jag vill inte släpa dig upp och ner för trapporna hela dagen, varje gång en ny gäst anländer!"

"Jag följer med dig tills Thomas kommer tillbaka från sitt besök hos arrendatorn", kompromissade Marianne. "Efter det kan han klättra i alla de där trapporna med dig!"

Ellen skrattade. "Jag är alltid glad över ditt sällskap", sa hon varmt, och de gav sig iväg igen.

Förändringen i ljudet störde Alex, och han såg upp från sin bok. Vagnshjulen knastrade nu på grus, istället för den packade jorden på landsvägen. Hästarna saktade in, vilket talade om för honom att de troligen var framme vid Havers Hall.

Han lade ner boken på sätet och kikade ut genom fönstret och beundrade de vackra lärkträden som kantade den breda allén som ledde fram till ett vackert hus byggt av gyllene Cotswoldsten. Även en dyster, grå decemberdag hade huset ett varmt och välkomnande utseende.

"En vacker utsikt", mumlade Alex för sig själv och väckte sin betjänt ur hans slummer.

"Ursäkta, ers nåd?"

"Jag tror vi är framme, Simons."

"Så snart? Men vi lämnade ju Worcester för bara en liten stund sedan!"

Alex dolde ett leende. Simons var i sena sextioårsåldern och närmade sig pensionen. Han var också fanatiskt lojal mot Alex och extremt beskyddande om sin herres privatliv, vilket var anledningen till att Alex aldrig skulle drömma om att resa någonstans utan honom.

"Klockan närmar sig tolv, Simons", sa Alex när han återfått fattningen. "Vi har dock hållit god fart. Vägarna i den här delen av landet är sannerligen bättre underhållna än de i norr."

"Verkligen." Simons kikade ut genom det andra fönstret. "Mycket ståtliga ägor", godkände han. "Jag räknar inte mindre än fyra trädgårdsmästare som sköter om den där buskagen där borta – och det mitt i vintern! Låt oss hoppas att huset är lika välskött."

"Och stallen." Alex vände på huvudet för att titta till sin häst, som följde efter vagnen med sin ledtygel i handen på en av hans hästskötare bredvid en annan häst. "Annars kommer Julius troligen att ställa till med förödelse."

"Förstår inte varför ni behåller det där djuret", muttrade Simons. "Ett besvärligt kreatur."

”Han räddade mitt liv fler gånger än jag kan räkna på kontinenten. Jag tänker inte överge honom nu.”

Simons humpfade när vagnen slutligen stannade. Två betjänter närmade sig genast dörren och öppnade den, och placerade en fotpall för dem att stiga ur. ”Uppmärksamma, åtminstone”, mumlade Simons från sitt hörn. ”Gå ni, ers nåd. Jag tar hand om era saker.”

”Lyft ingenting själv”, sa Alex och fick en blick med hopknipna ögon i retur. Han vände sig bort för att dölja ännu ett leende, steg ur vagnen med en nick som tack till betjänterna och började gå uppför trappan till herrgården. Tre trappsteg upp höjde han blicken mot de två kvinnorna som stod vid dörren och stötte omgående i tån i nästa trappsteg.

Hans enda tröst, när han kvävde ett smärtskrik, var att Marianne såg betydligt mer chockad ut över att se honom än vad han var överraskad över att se henne stå arm i arm med Ellen Havers. Han hade trots allt vetat att hon skulle vara där, och av hennes min att döma hade hon inte kopplat ihop markisen av Glenkellie med Alexander Rotherhithe. När han hade känt henne var han bara en avlägsen släkting, som aldrig förväntades ärva titeln.

”Ers nåd.” Grevinnan av Havers neg graciöst när han kom upp till toppen av trappan, och Marianne var tvungen att följa efter, även om hon hade blivit kritvit i ansiktet.

”Lady Havers.” Alex bugade djupt i gengäld. ”Lady Creighton.”

"Åh, ni är bekant med Marianne? Så dumt av mig, självklart är ni det! Eftersom ni inte var i London i år glömde jag att ni bodde där i flera år och känner alla." Ellen vände sig mot Marianne med ett vänligt leende och lade handen på Mariannes arm.

"Det har gått många år sedan lady Creighton och jag senast möttes", sa Alex efter en hel minuts pinsam tystnad. "Då var hon blott miss Abingdon, dotter till en viscount, och jag ... en person helt utan betydelse."

Han hade inte trott att det var möjligt för Marianne att bli blekare, men hennes hud fick en askgrå färg och hon svajade till lite. Vänliga, omtänksamma Ellen märkte det förstås genast och manade in sin vän i värmen.

Alex fann sig överlämnad till en mycket korrekt butlers omsorg, som snabbt eskorterade honom till en stilig gästsvit på andra våningen med vidsträckt utsikt över en dal väster om huset, en slingrande flod i botten och tjocka skogar på kullen bortom.

Det var ganska vackert, och han stod fortfarande vid fönstret och beundrade utsikten när Simons anlände med fyra stadiga betjänter som bar Alex koffertar. Simons såg ut att vara i sitt esse när han dirigerade männen, och ett ögonblick senare utvidgade han sitt kommando till ytterligare två som anlände med kannor med varmt vatten för Alex att tvätta sig med.

"En lunch kommer att serveras klockan tolv, ers nåd", informerade en av betjänterna, "och lord Havers förväntas vara tillbaka i tid till den."

”Jaså”, mumlade Alex, ”jag tror jag ser honom nu.” En häst hade kommit in i den pittoreska utsikten utanför och galopperade längs floden till ett vadställe. Ryttaren var fortfarande lite för långt borta för att man skulle kunna urskilja hans identitet, men hans rock och hatt var tydligt en gentlemans. På kanske en knapp kilometers avstånd skulle hästen och ryttaren nå huset på nolltid, och därför borde även Alex inte slösa med tiden utan byta kläder och tvätta av sig resdammet.

Han undrade om Marianne skulle närvara vid lunchen, eller om hon skulle ursäkta sig efter att uppenbarligen ha blivit överraskad av hans ankomst. Kanske skulle hon skylla på sjukdom.

Han spände käkarna när han vände sig bort från utsikten utanför fönstret. Hon kunde inte undvika honom i oänd-lighet, inte på en bjudning som förväntades pågå i hela två veckor.

Förr eller senare skulle de ha det samtal som hade blivit uppskjutet i alltför många år – och han skulle få sitt svar på varför hon hade ljugit honom rakt upp i ansiktet och krossat hans unga hjärta.

KAPITEL SJU

MARIANNE SKYLLDE PÅ EN plötslig, svår huvudvärk och drog sig omedelbart tillbaka till sina rum, tacksam för Ellens vänliga sinnelag. Hon var helt säker på att Ellen misstänkte att hennes sjukdom, som kommit precis samtidigt som markisen av Glenkellies ankomst, inte var någon tillfällighet, men Marianne var inte på något sätt redo att förklara sin tidigare förbindelse med Alexander Rotherhithe.

Hon lade sig ner och lät Jean placera en fuktig trasa på hennes panna och bad sedan om att få bli lämnad ensam. Hon behövde tänka.

Jean drog sig bara tillbaka till hennes påklädningsrum och lämnade dörren på glänt så att hon skulle höra om Marianne ropade på henne, men det var tillräckligt. I tystnad och salig ensamhet försökte Marianne komma på ett sätt att på något vis undvika att vara i samma rum som Alexander Rotherhithe under de kommande två veckorna.

En huvudvärk höll på allvar på att bryta ut när hon försökte hitta en väg ut ur sitt dilemma. Om hon bara fortfarande hade haft tillgång till Creighton-förmögenheten! Men även om hon skrev ett brev till Arthur, tvivlade hon på att han skulle skicka efter henne. Och hon kunde omöjligen be Ellen och Thomas att skjutsa henne tillbaka till Cumbria.

Hon hade vänner som skulle ta emot henne – åtminstone hoppades hon det – men att ta sig till dem utan medel var en annan sak. Att rymma var inte ett alternativ för henne, även om hennes stolthet skulle tillåta det. Ellen skulle dessutom bli övertygad om att något fruktansvärt hade hänt henne, och det var inget sätt för Marianne att återgälda Ellens vänlighet.

På något sätt skulle hon bli tvungen att möta Alexander och leva med hans förakt. Hon hade sett avskyn i hans ögon när han såg på henne. Såvitt han visste hade hon brutit deras hemliga förlovning bara tre veckor efter att han seglat till Spanien för att gifta sig med en annan man: en mycket äldre, mycket rikare, adlig man.

Det var ett grymt ödets ironi att Alexander nu var både rikare och hade en finare titel än hennes make någonsin varit. Om bara hennes far hade vetat! Han kanske hade låtit henne "kasta bort sig på en simpel herre" trots allt.

Om de senaste åtta åren hade lärt henne något, så var det att det inte var någon idé att gråta över spilld mjölk. Tyst och stilla liggandes, förlikade sig Marianne med att möta Alexander och vara artig mot honom. Hon var inte längre den naiva flicka han hade tyckt om; hon var en vuxen kvinna, gift och änka. Hon skulle inte låta sig skrämmas av föraktfulla blickar, även om Alexander Rotherhithe verkligen hade vuxit upp till en mycket imponerande man.

Lång och smal som ung man, hade mognaden och hans år som soldat lagt till muskler och bredd till den långa kroppen. Och ärret på hans kind bidrog bara till hans mörka, ondskefullt stiliga utseende, tyckte hon.

Omedvetet lyfte Marianne handen till sin egen kind och undrade exakt hur Alex hade fått ärret. Även om det nu hade bleknat till rosa måste det ha varit ett fruktansvärt sår när han först fick det, som fläkte upp hans kind ända in till benet och nätt och jämnt missade hans öga. Det var knappast något hon kunde fråga honom om, särskilt som hon planerade att undvika hans sällskap så mycket hon bara kunde!

Ljudet av vagnhjul utanför fick henne att le igen. Med fler än tjugo gäster som skulle bo på herrgården och fler från trakten som kom varje dag för aktiviteter och middagar, skulle det säkert finnas tillräckligt med folk i närheten så att hon aldrig behövde vara ensam med Alexander. Hon kunde gömma sig bakom en sköld av artighet och sällskaplighet, ungefär som hon hade gömt sina känslor bakom en polerad social fasad när Creighton visade upp henne runt London som sin troféhustru.

Hon skulle klara det här.

Vilket val hade hon, trots allt?

Jarlen av Havers log brett när Alex kom in i salongen. ”Glenkellie. Glad att du bestämde dig för att komma.”

”Det är jag med”, sa Alex ärligt och skakade Thomas utsträckta hand. ”Havers Hall är vackert; mina komplimanger för ditt hem. Min betjänt är i himlen med sådana faciliteter till sitt förfogande.”

”Du kan tacka min företrädare för de flesta av herrgårdens bekvämligheter”, erkände Thomas. ”Han gillade sin lyx.”

”Det är dock inte din företrädare som anställer en veritabel armé av personal, eller hur?” Alex höjde på ögonbrynen. Som ägare av ett stort gods själv visste han att herrgården var överbemannad.

”Jag tänkte faktiskt prata med dig om det. Jag funderar på att starta en riktig utbildningsakademi, bemannad av erfarna mentorer som börjar bli lite till åren för tungt arbete men har en mängd kunskap att föra vidare.”

”För tjänstefolk?”

”För alla sorters skickliga yrkesmän. Det nuvarande systemet med en lärling per yrkesman – och det är om de är villiga att ta emot en – ökar inte tillgången på skicklig arbetskraft, eller hur?”

”Antagligen inte”, medgav Alex. ”Var kommer jag in i bilden?”

”Jag letar efter investerare, förstås.” Thomas log oemotståndligt.

”Naturligtvis. Nåväl, om du har ett förslag ska jag ta en titt på det.” Alex hade inget emot att göra affärer med Thomas; det fanns få personer han kunde säga det om, men den amerikanske jarlen hade visat sig vara både finansiellt skarpsinnig och medkännande mot dem av mindre betydelse för honom själv.

”Börja inte prata affärer nu, Thomas.” Ellen kom fram till dem och vilade en hand på sin makes arm.

Han lade sin egen hand över hennes fingrar och gav henne ett ursäktande leende. ”Förlåt, min älskade.”

”Ni måste låta mig presentera lord Glenkellie för våra andra gäster”, tillrättavisade hon honom milt. ”Eller är ni redan bekant med familjen Alleyne, ers nåd?”

”Det är jag inte, men det skulle vara en ära att träffa era vänner, lady Havers”, sa Alex galant. ”Jag känner förstås redan lady Creighton. Var är hon förresten?”

Ellens blick var skarp. ”Hon vilar”, sa hon lite kort. ”Hon kände sig inte bra. Om hon har återhämtat sig tillräckligt kan hon ansluta sig till oss vid middagen.”

”Jag visste inte att du kände lady Creighton, Glenkellie”, sa Thomas med förvånad min.

”Det var länge sedan”, undvek Alex att svara. ”Jag vågar påstå att jag inte alls känner den person hon är nu.”

Hade han någonsin känt henne? Han var tvungen att undra, även när en del av hans sinne förblev koncentrerat på att vara artig medan Ellen presenterade honom för familjen Alleyne. Fröken Alleyne såg ganska överväldigad ut och sa inte ett ord, vilket åtminstone innebar att hon knappast skulle förfölja honom, även om hennes mor fullkomligt fjäskade för honom. Han var van vid det och stängde av genom att tänka på Marianne, på uttrycket i hennes ansikte när hon känt igen honom. Han hade förändrats från den unge pojke hon känt när de var barn som lekte tillsammans innan han skickades iväg till skolan, till och med från den spoling hon hade lockat med sig den där ödesdigra sommaren. Han var vuxen nu, härdad av krig och liv.

Självklart hade hon också förändrats. Hon hade varit ett vackert barn, men vid arton års ålder var hon den vackraste flickan han någonsin sett – frisk och vacker som en soluppgång. Alla huvuden hade vänts när Marianne Abingdon kom in i ett rum; hon hade haft varenda man i London flåsande efter sig.

Alex, en simpel löjtnant utan hederstitlar framför sitt namn, hade aldrig kommit nära nog för att yttra ett ord till den perfekta miss Abingdon, trots deras tidigare bekantskap. Inte förrän den kvällen då han hade klivit ut från en överfull balsal, yr i huvudet av värmen och ett glas champagne för mycket, och vandrat genom en trädgård i mörkret i jakt på en plats att vila på. På en stenbänk under en tårpil satt Marianne Abingdon, med händerna stödda bakom sig, tillbakalutad för att blicka upp mot himlen.

Alex stelnade till, chockad, några steg bort, och undrade om han borde backa. Väntade hon på någon?

"Jag kan inte se stjärnorna", sa hon efter några ögonblick, vilket fick honom att hoppa till.

"Det är röken från fabrikerna", svarade Alex slutligen när hon inte sa något mer, och hon vände på huvudet för att se på honom. När han insåg att han stod i skuggan under träden, rörde han sig framåt, in i månljusets klara strimma som stannade strax framför hennes bänk. "Jag ber om ursäkt. Det var inte meningen att störa er avskildhet."

"Det är ingen fara. Jag skulle precis gå in igen." Hon svängde ner fötterna på marken och reste sig graciöst, svajningen av hennes slanka kropp fick hans mun att bli torr. Fröken Abingdon bar aldrig flotta krusiduller eller spetsar eller ens starka mönster; hon föredrog enkla vita klänningar som kontrasterade spektakulärt mot hennes kastanjeröda hår och gjorde föga för att dölja hennes smidiga figur.

"Har vi träffats?" frågade hon honom helt direkt.

Han bugade sig och fann det svårt att tala inför hennes otroliga skönhet. "Inte på många år, miss Abingdon; ni var ett barn när jag såg er sist och jag vågar påstå att ni inte minns mig. Alexander Rotherhithe, till er tjänst."

Hon lade huvudet på sned och granskade hans uniform, en lång lock dansade mot hennes hals när hon gjorde det. "*Löjtnant* Rotherhithe?"

"Ja, min dam."

"Och har ni nyligen återvänt från kontinenten eller ska ni ännu skickas ut?"

"Ännu inte utskickad, min dam", svarade han, förvånad över frågan. Hon verkade intelligent och informerad, till skillnad från de andra debutanterna – och äldre damer – han hade träffat i London. "Mitt regemente har ännu inte fått några order."

"Och ser ni fram emot striderna, mr Rotherhithe?" Hon började gå tillbaka mot huset, och han slog följe med henne utan att tänka.

"Nej."

"Nej?" Hon gav honom en blick från sidan. "Inga drömmar om ära på slagfältet, om att vinna kriget för England?"

"Flera av mina vänner har redan omkommit på slagfält långt från Englands kuster", svarade han henne uppriktigt. "Jag kommer att anse mig lyckligt lottad om jag får leva och se mitt hem igen."

"*Äntligen*", suckade hon, stannade och vände sig om för att se honom rakt i ansiktet. "En ung man med något mer än sågspån mellan öronen!"

Alex kunde inte hjälpa det; han log brett. "Jag ber om ursäkt, min dam, men jag tänkte just något mycket liknande om er."

Hennes skratt var mjukt och musikaliskt. "Ni är förlåten, löjtnant ... om ni dansar med mig när vi återvänder till balsalen. Jag är innerligt trött på att höra ändlösa lovord och hyllningar till min skönhet. Lite förnuftig konversation skulle vara mycket välkommen."

Han kunde inte önska sig något mer. Galant insisterade han på att hon skulle gå in i huset först och gå till damernas sällskapsrum för att bli sedd innan hon återvände till balsalen, medan han gick in genom en annan dörr. Den halvtimme som gick tills han stod ansikte mot ansikte med henne igen, och tog hennes hand för att leda henne ut i dansen, kändes som den längsta i hans liv. På något sätt hade han övertygat sig själv om att hon bara roade sig med honom i trädgården och inte alls var intresserad av honom.

Så när Marianne log upp mot honom och sa med en förtrolig ton: "Vad denna sista halvtimme har sniglat sig fram!" kände han en överväldigande lättnad.

"Det gör den alltid, tycker jag, när det finns något man desperat ser fram emot. Omvänt är jag säker på att de nästa tio minuterna kommer att passera på bara ett ögonblick."

Hon gjorde en liten min och rynkade på näsan och nickade instämmande. "Utan tvekan finns det någon avdelning av matematiker vid Cambridge som studerar just det. Eller filosofer kanske?"

”Möjligen båda, eftersom det är Cambridge”, sa Alex torrt. ”Fast enligt min erfarenhet ägnas mer tid åt drickande och umgänge än åt faktiska studier.”

”Vilket slöseri. Jag önskar att kvinnor fick studera vid universitetet.” Marianne såg nästan trotsigt på honom; han fick det bestämda intrycket att hon testade honom och såg efter vad hans reaktion på ett sådant upphetsande förslag skulle vara.

”Jag tvivlar inte på att de en dag kommer att kunna det”, sa han. ”Men för mitt eget köns skull hoppas jag att de antingen får sina egna universitet eller segregerade klasser. Det fanns tillräckligt med distraktioner utan närvaron av det täcka könet för att dåraktiga unga män skulle förlora sitt sunda förnuft.”

Marianne skrattade, och Alex trodde att han hade klarat hennes test. ”Jag håller med”, sa hon. ”Men dårskapen skulle nog inte helt och hållet ligga hos de unga männen. Unga damer är lika mottagliga för att bli distraherade av ett vackert ansikte på en lång ung man. Särskilt i en röd rock.”

Hennes ögon glittrade mot honom, och han skrattade, fullständigt förtrollad av henne. ”Får jag uppvakta er?” frågade han impulsivt.

”Åh, var snäll och gör det”, svarade hon entusiastiskt, och hans hjärta var förlorat.

KAPITEL ÅTTA

MARIANNE ÖNSKADE, GANSKA DESPERAT, att få ikläda sig en vacker klänning som en rustning för att möta Alex, men tjänarna som Thomas hade skickat till Cumbria hade ännu inte återvänt med hennes garderob. Hon fick nöja sig med den lavendelfärgade sidenklänningen hon hade burit varje kväll sedan hon anlände till Havers Hall. Jean gjorde åtminstone ett fantastiskt jobb med att hålla den ren och struken, redo för henne att klä sig i varje kväll, men hon började avsky färgen.

Uppenbarligen hade Jean anat att hennes matmor kände sig osäker över att bara ha en enda aftonklänning, för hon hade varje kväll tagit fram olika accessoarer från något förråd av saker någonstans i herrgården för att piffa upp den. Ikväll hade hon ett brett skärp av gyllene siden, några guldband till Mariannes hår och ett långt halsband med gräddvita pärlor.

”De är oäkta, ers nåd”, sa Jean i samma ögonblick som Marianne öppnade munnen för att protestera mot att hon inte kunde låna värdefulla pärlor av Ellen. ”Titta, de har inte ens ett riktigt spänne.”

”Var hittade du dem?” Marianne inspekterade pärlorna med intresse. Hon hade aldrig sett oäkta juveler förut.

”Lady Havers har rensat på vindarna”, erkände Jean. ”Det finns alla möjliga sorters saker där uppe i gamla kistor: klänningar som måste vara hundra år gamla, delar av rostiga rustningar, barns broderade märkdukar och gamla trasiga leksaker. Jag tror inte att något har slängts på herrgården sedan den byggdes.”

”Mycket troligt”, medgav Marianne och satte sig för att låta Jean sätta upp hennes hår. ”Men kastar lady Havers bort det?”

”Åh nej, hon tror inte på att kasta bort saker i onödan. Hon hittar användning för nästan allting, det gör hon. Jag frågade om jag fick ta några småsaker för att piffa upp era saker lite och hon sa att jag fick ta vad jag ville.” Jean log stolt. ”De här guldbanden kommer att se mycket bra ut i ert hår, ers nåd, och skärpet livar upp klänningen alldeles utmärkt.”

”Det gör de”, sa Marianne varmt. ”Tack, Jean. Du har varit så omtänksam.”

”Äh, jag gör bara mitt jobb, ers nåd”, avfärdade kammarjungfrun, men hon log brett, och Marianne bestämde sig där och då för att hon skulle ge Jean åtminstone en eller två klänningar när hennes garderob väl anlände. Hon hade inte mycket pengar eller prydnadssaker, men kammarjungfrun skulle kunna sälja klänningarna eller sprätta isär dem som hon ville. Det var en ringa återbetalning för det självförtroende som kammarjungfruns omsorger gav henne, tillräckligt för att få henne hela vägen ner till foten av den stora trappan, där Allsopp bugade sig korrekt för henne innan han öppnade dörren till den orientaliska salongen.

Även om Marianne hade sett rummet tidigare hade de inte använt det. Hon antog att Ellen och Thomas hade beslutat att flytta dit på grund av det ökade antalet gäster. Fler gäster hade anlänt, såg hon när hon kom in, och den här gången var hon bekant med de nyanlända.

"Lady Creighton!" Fru Pembroke snubblade nästan över sig själv i sin iver att skynda till Mariannes sida och log brett. "Det är så väldigt roligt att se er igen!"

"Amelia!" Marianne blev i sin tur genuint förtjust. Amelia Temple hade gjort sin debut samtidigt som Marianne, och som en ansenlig arvtagerska hade hon varit ett mål för lycksökare. Eftersom Marianne hade varit ett mål för libertiner, hade de båda upptäckt att de gömde sig tillsammans i mer än ett sällskapsrum.

Amelia hade dock haft turen att gifta sig av kärlek. Medan hennes föräldrar hade velat att hon skulle fånga en titel, hade hon istället gift sig med en simpel mister: en godsägare från landet med ett litet men charmigt gods i Hampshire och en passion för hästar. En passion som Amelia delade.

Herr Pembroke stod nu bakom Amelia och log brett. Marianne kände oväntade tårar bränna bakom ögonen. Creighton hade inte godkänt hennes vänskap med paret Pembroke och hade förbjudit henne all kontakt utöver de kortaste artiga interaktionerna vid sociala evenemang de alla deltog i. Att kunna uttrycka sin glädje över att se

Amelia igen utan rädsla för tillrättavisning var ett sant nöje.

”Det är underbart att se dig.” Impulsivt omfamnade Marianne sin väninna. ”Det var en evighet sedan jag såg dig sist. Hur känner ni paret Havers?”

”Jarlen köpte några hästar av oss. Ett underbart sto till lady Havers, och en förstklassig hingst för att förbättra blodslinjerna hos hans arrendatorers ploghästar. När han berättade för mr Pembroke att han inte tänkte ta ut några avelsavgifter från sina arrendatorer för hingstens tjänster, visste vi att han var någon vi väldigt gärna skulle vilja lära känna bättre.” Amelia log. ”Och lady Havers är helt *förtjusande.*”

”Det är hon sannerligen”, instämde Thomas, som anslöt sig till dem och fick Amelia att skratta. ”Jag är glad att ni redan är bekanta, det besparar mig den troliga pinsamheten att röra till presentationerna.”

Pembroke och Marianne stämde in i skrattet, och en allmänt uppsluppen stämning uppstod när de inledde ett trevligt samtal. Paret Alleyne kom in i rummet några minuter senare och övertalades att ansluta sig till dem, och sedan kom Ellen själv in i sällskap med en ung man och kvinna som Marianne inte kände. Ellen presenterade dem som viscount Thorpington och hans syster, lady Serena Thorpe.

Viscounten var en alldaglig man på runt trettio år, med en stamning han dolde genom att tala så lite som möjligt. Lady Serena var runt tjugotvå enligt Mariannes uppskattning och snarare stilig än konventionellt vacker, lång och stadig med en tjock man av svart hår som knappt hölls på plats av hennes hårnålar. Med en omodern solbränna såg hon ut att vara den sportiga typen som inte skulle ha något tålamod med det långsamma tempot i societetslivet.

Marianne gillade lady Serena omedelbart, men hon kunde förstå varför hon inte hade varit en succé i London. Societetens matroner skulle inte ha godkänt henne alls, och hennes brors talproblem skulle ha gjort det svårt för honom att skaffa många vänner också.

"Markisen av Glenkellie", annonserade Allsopp från dörren, och en tystnad sänkte sig över rummet. Fröken Leonora Alleyne fnissade till lite, med handen för munnen och vidöppna ögon.

Tills hennes bror knuffade till henne med en rynkad panna. "Tyst med dig, din gås."

"Men en *markis*!" viskade Leonora tillbaka.

Marianne gav henne ett överseende leende. "Jag ska berätta en hemlighet för dig om markiser och hertigar", viskade hon till den yngre flickan. "De måste använda pottan precis som vi andra!"

Leonora fick omedelbart ett fnitteranfall, och lady Serena Thorpe, som också stod tillräckligt nära för att höra, gav ifrån sig en ganska hästliknande fnysning innan hon dolde ansiktet i en näsduk. Blå ögon glittrade när hon sneglade på Marianne, och Marianne gav henne ett konspiratoriskt leende, inombords tacksam för distraktionen som innebar att hon inte behövde titta på Alexander.

Hennes andrum blev naturligtvis kortvarigt, då Ellen ledsagade Alexander runt i rummet för att göra presentationer. Leonora hade smugit sig närmare Marianne, uppenbarligen lugnad av hennes skenbara nonchalans, och hon kunde knappast fly och lämna debutanten ensam.

”Ni är naturligtvis bekant med lady Creighton”, sa Ellen. Alexander nickade, hans ögon kalla när de mötte Mariannes. Instinktivt sänkte hon blicken mot golvet, samtidigt som hon tyst förebrådde sig själv för sin feghet.

Marianne kunde inte ens möta hans blick, utan granskade intensivt mönstret som var invävt i den turkiska mattan under deras fötter. Alex bet ihop tänderna, beordrade sig själv att ha tålamod och tvingade fram ett leende när lady Havers presenterade en rodnande debutant.

”Fröken Alleyne.” Alex bugade sig korrekt över flickans hand och förlikade sig med sociala artigheter för tillfället. Han kände bara en annan av gästerna – viscount Thorpington – och för Thomas och Ellens skull måste han åtminstone försöka vara angenäm. Han skulle inte för allt i världen förstöra deras första bjudning, oavsett hur mycket han ville skaka sanningen ur Marianne.

Han iakttog henne i ögonvrån hela kvällen. Som den dam med högst rang närvarande gick hon till middagen vid Thomas arm och placerades på hans högra sida, vid den andra änden av bordet från där Alex, som den *herre* med högst rang närvarande, satt vid Ellens högra sida.

Unge mr Alleyne satt på Mariannes andra sida och betraktade henne med storögd vördnad, den sort som mycket väl kunde övergå i förälskad valpig kärlek, tänkte Alex bistert, fast besluten att kväva det i sin linda om Marianne skulle få för sig att krossa ännu en ung mans hjärta för sitt nöjes skull. Åtminstone var Thomas Havers förälskad i sin egen fru och inte troligen mottaglig för Mariannes charm, hur mycket hon än skrattade och log.

Motvilligt var Alex tvungen att erkänna att Marianne var ännu vackrare nu än hon hade varit vid arton års ålder; mognaden hade bara förfinat hennes skönhet. Om han inte redan visste hur hjärtlös hon kunde vara, skulle han troligen själv krypa efter henne. Som det var, fann han det svårt att se bort. Klädd i en dämpad lavendelfärgad klänning kantad med guldband, sken hennes rödbruna hår som eld, och hennes perfekta drag framhävdes av stearinljusens sken. Gång på gång nådde hennes mjukt musikaliska skratt hans öra, och han insåg först att han stirrade på henne i fullständig hänförelse när Ellen Havers lätt rörde vid hans hand, vilket fick honom att rycka till.

”Ursäkta mig, lord Glenkellie. Jag undrade om soppan inte är till er belåtenhet?” Hennes panna var veckad.

Alexander tittade ner och såg att han hade tagit upp sin soppsked men sedan inte ens smakat från tallriken framför sig. ”Jag ber om ursäkt, ers nåd”, sa han ångerfullt. ”Jag var distraherad.”

”Det ser jag”, mumlade Ellen, och hennes blick fladdrade när hon sneglade mot den andra änden av bordet. ”Jag hoppas att ni vill smaka på den, men om det är något ni särskilt önskar få tillagat, ber jag er att låta oss veta det.”

Skamsen över sitt dåliga uppförande smakade Alexander på soppan, förklarade att den var utmärkt och bestämde sig för att ägna mer uppmärksamhet åt både sin middag och sina bordsgrannar. Ellen hade burit hela samtalet, med den tyste Thorpington på sin andra sida, och han borde också tala med mrs Pembroke på sin andra sida. Han vände sig nu mot den damen och bjöd på ett leende, bara för att mötas av en obekvämt granskande blick.

”Jag vågar påstå att ni inte minns mig, ers nåd”, sa mrs Pembroke nästan omedelbart, ”men vi har träffats förut, även om det var många år sedan. Precis innan ni åkte till kontinenten med armén, tror jag.”

”Verkligen?” sa Alex, på sin vakt. Fru Pembroke såg ut att vara nästan exakt i Mariannes ålder, men saknade hennes hypnotiserande skönhet. Istället var hon alltigenom alldaglig, med mellanbrunt hår, bruna ögon, en aning uppnäsa och ett runt ansikte. Ett udda leende gav dock hennes uttryck karaktär.

”Ja visst, fast jag var miss Temple då, och ni bara löjtnant Rotherhithe. Jag tror vi presenterades på lady Smithfields trädgårdsfest.”

Han mindes fortfarande inte presentationen, även om han med fruktansvärd klarhet mindes hur han smög iväg från den där trädgårdsfesten för ett hemligt möte i en träddunge med Marianne. Ett möte där han hade kysst henne för första gången och svurit sin eviga hängivenhet.

"Ah", sa Alex och kände svetten bryta fram under kragen.

"Ja, jag tror att lady Creighton, miss Abingdon som hon var då förstås, presenterade oss." Fru Pembroke iakttog honom som en hök.

Hon vet, tänkte Alex, och hans ilska blossade upp igen. Hon och Marianne hade varit vänner på den tiden, hade antagligen skrattat åt hans förälskelse. Hade hon hetsat på Marianne, uppmanat henne att gå med på en hemlig förlovning bara för att gifta sig med den rike earlen av Creighton några veckor senare?

"Och har ni och lady Creighton förblivit nära sedan dess?" sa han kort och sträckte sig efter sitt vin och tömde det.

"Tråkigt nog inte. Hennes man tillät henne inte att ha vänner."

Alex stannade upp i rörelsen när han skulle sätta ner sitt glas. "Jag ber om ursäkt?" sa han, förvirrad. "Jag träffade aldrig den framlidne jarlen, men jag hörde historier om hur han skämde bort sin fru, köpte henne fler fashionabla klänningar och kostsamma prydnadssaker än någon kvinna kunde önska sig."

"Om allt en kvinna önskade sig var dyra grannlåter, var Marianne sannerligen den lyckligaste kvinnan i England", svarade mrs Pembroke, och han hörde sarkasmen i hennes röst. "Men om hon önskade sig tillgivenhet, respekt och trösten av vänskap, var hon den fattigaste av alla."

Det är vad man får när man gifter sig av giriga motiv, ville Alex snäsa tillbaka men tvingade sig att bita sig i tungan. Fru Pembroke var Mariannes anhängare, vilket var användbar information. Han skulle se till att varken hon eller hennes man var tillgängliga för att ingripa när han sökte sitt privata samtal.

"Jag vågar påstå att det kommer att passa henne mycket bättre att vara en rik änka i så fall", sa han frätande och nickade åt betjänten att fylla på hans vin.

KAPITEL NIO

Marianne var smärtsamt medveten om att Alexander iakttog henne. Hennes hand skakade när hon försökte äta och i hennes egna öron lät hennes röst gäll och tunn – hennes skratt forcerat och konstlat. Thomas tittade frågande på henne en eller två gånger, och uppfattade uppenbarligen hennes oro, men hon vägrade att besvara hans tysta fråga och tog istället upp sitt vinglas och drack.

I slutet av måltiden insåg hon dock vilket misstag det var, eftersom en uppmärksam betjänt hade hållit hennes glas fyllt och hon var mer än en smula berusad. När Ellen bjöd in damerna till salongen var det en mer än tillräcklig anledning att ursäkta sig och dra sig tillbaka till sängs.

”Jag har vant mig av med vin”, sa hon helt sanningsenligt, ”och det har gett mig huvudvärk igen. Var snäll och förlåt mig för att jag drar mig tillbaka tidigt; jag lovar att vara mer sällskaplig i morgon.”

”Du är redan förlåten, även om vi kommer att sakna ditt sällskap. Sov gott och krya på dig, min kära, och tveka inte att be Jean eller någon annan jungfru att hämta vad du än kan önska för din lindring.”

Marianne kände sig skyldig för att hon lurade Ellen, men hon förlorade ingen tid utan skyndade sig uppför trappan, hela tiden nervös för att Alexander skulle välja att lämna de andra männen till sin konjak och sitt portvin och leta efter henne. Vad han kunde ha att säga till henne efter all denna tid kunde hon inte föreställa sig, men hon visste att hon inte ville höra vad det än var. Att bara se hans ansikte, som bara blivit vackrare med åren, var smärtsamt, särskilt eftersom hon hade varit tvungen att lyssna på lady Alleyne som ivrigt frågade ut lord Havers om Alexanders utsikter till äktenskap. Han skulle behöva gifta sig, och snart; markisdömen krävde arvingar, och utan tvekan skulle han välja bland Londons senaste kull av debutanter.

Kanske hade han redan någon i åtanke. Fröken Alleyne var en ljuv varelse med en ansenlig hemgift; kanske skulle hon passa honom. Eller lady Serena Thorpe; hon skulle se mycket bra ut vid Alexanders arm, och hon hade dessutom en stark karaktär och sinne för humor.

Marianne insåg inte att hon grät förrän hon snubblade, förblindad av tårarna i ögonen, och nästan föll. Hon tog emot sig med en hand mot väggen och stapplade vidare tills hon äntligen hittade sitt rum och knuffade upp dörren med en frustrerad snyftning när handtaget fastnade ett ögonblick.

”Ers nåd!” Jean reste sig från där hon hade suttit vid brasan och lagat en strumpa, med ett chockat uttryck i ansiktet när sömnaden föll till golvet. ”Är ni sjuk?”

”Jag mår illa”, fick Marianne fram med kvävd röst, och Jean lyckades få en potta under hennes näsa precis i tid.

"Det lär mig att dricka för mycket vin", stönade Marianne några minuter senare, när Jean hjälpte henne att lägga sig ner och placerade en sval, fuktig trasa över hennes panna. "Kanske hade min man rätt i att jag bara borde tillåtas ett glas."

"Tja, det kan vara starka saker om man inte är van", höll Jean med. "Särskilt om man inte äter någonting."

Mariannes skyldiga tystnad fick kammarjungfrun att sucka. Men hon hade inte kunnat tvinga i sig mer än ett par skedar soppa, inte med ilskan i Alexanders blick som brände henne från andra änden av bordet.

"Jag vågar påstå att ni inte kommer att göra om samma misstag, ers nåd", sa Jean och tog av Mariannes tofflor. "Låt oss göra er bekväm för natten nu, så ska jag göra ett örtte för ert huvud. En god natts sömn, och ni kommer att vara kry och pigg i morgon bitti."

Innerst inne tvivlade Marianne på att hon skulle sova alls, men teet som Jean övertalade henne att smutta på efter att ha hjälpt henne att byta om till nattlinne måste ha innehållit några lugnande örter. Hennes ögonlock började snart kännas tunga och hon lutade sig tillbaka mot kuddarna utan klagomål och lät ögonen slutas.

"Just så, ers nåd", uppmuntrade Jean mjukt, och Marianne hörde henne röra sig tyst i rummet, ställa saker till rätta och ställa ut den motbjudande pottan så att någon kunde ta bort och diska den. "Sov. Ni kommer att må bättre i morgon."

När Alexander återförenades med damerna och upptäckte att Marianne redan hade dragit sig tillbaka blev han så rasande att han skyllde på trötthet från resan och drog sig tillbaka själv, och ignorerade Thomas misstrogna min. Han var inte på humör att vara artig mot någon, och utan någon möjlighet att få tag på Marianne i enrum ikväll kunde han lika gärna dra sig tillbaka istället för att råka förolämpa någon av paret Havers gäster med sitt dåliga humör.

Högst upp för trappan stannade han och övervägde kort om det kunde vara värt att försöka hitta Mariannes rum. Hans betjänt Simons visste förmodligen redan exakt var alla hade inkvarterats, och hade dessutom åsikter om huruvida lady Havers hade placerat dem korrekt enligt rangordning. Men att fråga Simons var lady Creightons rum fanns och sedan leta efter damen skulle skapa en skandal.

Alex brydde sig inte det minsta om en skandal påverkade honom, och Marianne förtjänade ingen hänsyn, men han ville inte se paret Havers allra första bjudning förstörd på ett sådant sätt om han kunde hjälpa det. Nej, det var mycket bättre att vänta på rätt tillfälle och konfrontera Marianne privat. På ett eller annat sätt skulle han lyckas.

Och även om han kanske inte kände för sällskap ikväll, hade han en bra bok att läsa, och utan tvekan skulle Simons kunna skaffa fram lite av Havers utmärkta konjak som han kunde dricka under tiden.

Kanske hade Simons något intressant skvaller från tjänstefolket som han kunde övertalas att dela med sig av också. Marianne verkade ha funnit sig väl tillrätta här på Havers Hall; att veta hur länge hon hade bott här och vem som passade upp på henne kunde vara användbar information.

Alex gick till det bekväma rum han hade tilldelats på andra våningen och nickade till Simons när han kom in. "Jag tänker dra mig tillbaka tidigt, Simons; jag är inte på humör för sällskap."

"När är ni någonsin det, sir?" replikerade Simons snabbt. "Jag tog mig friheten att skaffa lite konjak åt er." Han pekade på en karaff och ett glas som stod redo på spiselkransen.

"I så fall är du förlåten för den spydiga kommentaren om min sociala oduglighet." Alex slängde sig ner i en fåtölj vid brasan.

"Det är inte ert fel, sir", sa Simons vänligt. "Armén gav er inte direkt många möjligheter till civiliserat socialt umgänge."

"Påminn mig igen varför jag har dig kvar?" frågade Alex torrt. Som svar placerade Simons ett glas konjak i hans hand, vinkade mot hans bok som låg redo på ett bord vid hans armbåge och visade att han skulle lyfta foten så att Simons kunde börja ta av honom stövlarna. "Ah, just det. Självklart. För att jag inte skulle klara mig utan dig."

Simons log ett litet leende och nickade innan han drog av den första stöveln. "Njöt ni av er middag, sir? Jag måste säga, tjänstefolket äter gott här. Jag har sällan ätit så rikligt."

Generad över att behöva erkänna att han inte kunde minnas en enda rätt som serverats den kvällen, grep Alex tacksamt tillfället. "På tal om tjänstefolk, Simons, vem passar upp på lady Creighton? Jag antar att hon åtminstone tog med sin egen kammarjungfru …"

"Nej, sir." Simons tog av den andra stöveln och rätade på sig. "En jungfru vid namn Jean har tilldelats henne. En trevlig ung kvinna och en som inte är benägen att skvallra om sin matmor, även om det bara är en tillfällig post för henne. Hon var ganska tillrättavisande när två av de andra jungfrurna började skvallra om det okonventionella sätt på vilket damen anlände."

"Vilket okonventionellt sätt?" Alex tittade upp.

"Det har jag ännu inte kunnat utröna, sir. Hittills vet jag bara att hon anlände en hel vecka tidigare än väntat." Simons tvekade. "Får jag fråga om ert intresse för lady Creighton, sir?"

"Nej."

"Mycket väl, sir. Jag ska se vilken ytterligare information jag kan snappa upp i morgon." Simons visste bättre än att insistera när Alex talade i den där neutrala tonen; betjänten avlägsnade sig och tog med sig Alex stövlar in i sitt angränsande rum där han skulle putsa dem till hög glans.

Lämnad ensam grubblade Alex över sin konjak och stirrade in i den glödande kolen i brasan. Varför hade Marianne kommit en vecka för tidigt, och under vilka 'okonventionella' omständigheter? Kanske hade hon eskorterats av en man, tänkte han plötsligt; det skulle sannerligen vara okonventionellt. Hon var ju trots allt en mycket vacker änka. Kanske hade en älskare fört henne hit – och sedan dumpat henne? Det skulle också förklara hennes tidiga ankomst.

När han hade druckit upp det andra glaset konjak hade Alex övertygat sig själv om att hans teori var korrekt. Vilket innebar att Marianne skulle leta efter en ny älskare.

Ett varggrin krökte hans läppar när han tömde glaset och ställde ner det.

Det var en roll han mer än gärna skulle fylla för henne.

När Alex vaknade tidigt följande morgon kunde han inte minnas när han senast hade sovit så gott. Han kunde inte heller minnas när han senast hade dragit sig tillbaka så tidigt; det hade kanske något att göra med att få en god natts sömn, erkände han med ett flin åt sin egen dårskap.

Simons stökade omkring med viktiga miner, hämtade hans ridkläder och föreslog att han kanske ville ta en tidig ridtur, eftersom regn väntades senare på dagen.

”Julius kommer att vilja springa av sig”, höll Alex med och tog emot sina handskar från betjänten. ”Och jag förmodar att frukosten kommer att serveras under hela morgonen, när det passar gästerna?”

”Verkligen, sir. Det finns ett morgonrum i östra flygeln där en buffé kommer att hållas redo fram till middagstid, har jag förstått. Vilken som helst av hustjänarna kan eskortera er dit.”

Kanske träffar jag Marianne där. Eller så är hon kanske ute och rider själv, tänkte Alex när han gick nerför trappan och ut till stallet, och fick syn på en dam vid pallen som hjälptes upp på ett vackert apelkastat sto. När han kom närmare kände han dock igen Ellen, med Thomas väntande vid sidan om, redan till häst på en högrest fuxvalack.

”God morgon!” ropade Ellen förtjust när hon såg honom närma sig. ”Det är en underbar morgon för en ridtur; vill du göra oss sällskap?”

Alex höll med om att det verkligen var en fin morgon, särskilt för att vara december; luften var krispig och klar, frosten täckte gräset och en lätt bris blåste. Han kunde knappast tacka nej till inbjudan, även om han påpekade att hans häst skulle vilja ha en rejäl galopp.

”Det kan vi säkerligen ordna”, sa Thomas glatt. ”Jag såg din hingst; han är en ståtlig best. John Pembroke kommer säkert att vilja prata med dig om att kanske ta ner honom till Hampshire för att besöka några av hans ston.”

”Utan tvekan skulle Julius uppskatta semestern.” Alex blinkade fräckt mot Ellen. ”Särskilt med ivriga damer som väntar på honom i slutet av resan!”

Ellen rodnade lite. ”Skandalöst, Glenkellie”, tillrättavisade hon honom. ”Tydligen har du under dina år i armén glömt att *sanna* damer inte uppskattar oanständigt tal.” Hennes ögon glittrade dock, och Alex visste att hon redan hade förlåtit honom.

”Förlåt mig, lady Havers.” Han bugade sig för henne. ”Jag ska anstränga mig att komma ihåg mitt goda uppförande.”

Julius leddes då ut av en stallknekt; Alex hälsade hingsten ömt. Den före detta stridshästen gnäggade och tryckte sitt huvud mot Alex bröst, vilket fick honom att ta ett ofrivilligt steg bakåt av kraften i knuffen.

”Uppför dig, din stora dumbom”, sa Alex roat och fiskade fram ett äpple ur fickan.

”Han är verkligen vacker”, kommenterade Ellen när Alex steg upp i sadeln och red upp bredvid henne. ”Vad kallas den färgen? Hans kropp ser nästan blå ut, fast huvudet och benen är svarta.”

”Det är precis vad den kallas, blåskimmel. Det är ett ljusspel; de enskilda hårstråna är svarta och vita, jämnt blandade.” Alex klappade tillgivet Julius tjocka, muskulösa hals. ”Han bar mig genom mången strid i Belgien och Frankrike. Ärligt talat har han förtjänat en lugn pension och så många damvänner han önskar.”

"Om ändå alla Englands tappra soldater kunde få detsamma", sa Ellen uppriktigt.

Rörd bugade Alex för henne igen. Julius tog några ystra steg när hans vikt försköts, och Alex höll in honom bestämt. "Inte än, gosse. Inte än."

"Inte lika snabb som ett fullblod, antar jag, men ostoppbar när du väl får upp honom i fart?" frågade Thomas och höll in sin fux på Ellens andra sida.

"Just så", höll Alex med. "Fullblod är utmärkta för kapplöpning över en engelsk mil eller så, men för långa fälttåg och kavalleriattacker behövs en starkare och mer uthållig häst. Din häst skulle kanske vinna ett kort lopp, men under en hel dag skulle Julius köra slut på honom." Han klappade stridshästens stolt välvda hals.

"Tja, vi har inte en hel dag", sa Thomas, "så vi kan tyvärr bara utmana dig på ett kort lopp."

"Vi?" frågade Alex.

"Akta dig för lady Havers. Hon tävlar för att vinna", sa Thomas med ett flin, och fick rätt ett ögonblick senare när Ellen manade sitt sto till galopp och ropade över axeln:

"Sisten till den kluvna eken är en rutten fegis!"

Skrattande gav Alex Julius fria tyglar, och i hingstens glädjefyllda frihetsgalopp glömde han för en liten stund alla bekymmer som plågade hans rastlösa sinne.

KAPITEL TIO

FRÅN FÖNSTREN I MORGONSALONGEN betraktade Marianne de tre ryttarna när de korsade landskapet och försvann i fjärran. Alexander var omisskännlig, lång och rakryggad; han satt till häst med den självklarhet som kom av att ha levt i sadeln i månader i sträck.

"Lady Creighton."

En röst bakom henne fick henne att vända sig om, och hon log när hon såg Amelia Pembroke. "Snälla du, kalla mig Marianne", bjöd hon. "Om sanningen ska fram skulle jag helst glömma att mitt äktenskap någonsin ägt rum."

De var ensamma förutom ett par tjänare som febrilt ställde i ordning vid buffén som dukats upp på en skänk i andra änden av rummet, och Amelia gav henne en sympatisk blick. "Jag kan verkligen förstå varför du känner så. Jag sa det aldrig till dig förut, men jag blev så oerhört chockad när er förlovning tillkännagavs och du sedan gifte dig med Creighton så snabbt. Jag trodde att du snarare skulle ha rymt med Rotherhithe än att gifta dig med en man du inte älskade."

”Hade han gett mig möjligheten hade jag gjort det.” Marianne såg ut genom fönstret igen. De tre hästarna galopperade nu och krympte till små prickar innan de helt försvann ur sikte, uppslukade av ett veck i landskapet. ”Men han hade redan avseglat till Iberiska halvön. Äktenskapet hade utan tvivel redan ingåtts när han ens kunde ha hört talas om förlovningen, men jag hoppades ändå att han skulle göra något – komma tillbaka och utmana Creighton, skjuta honom och föra bort mig.”

Amelia sa ingenting, men hennes blick visade en djup förståelse.

”Jag var väldigt ung.”

”Hyser du några förhoppningar vad gäller Rotherhithe – ursäkta mig, han är ju Glenkellie nu, förstås – några förhoppningar från hans håll?”

”Herregud, nej.” Marianne tvingade sin hand att vara stilla medan hon skar sin rostade brödskiva i små, nätta trianglar. ”Det där är länge sedan, Amelia. Vi har båda gått vidare. Han behöver en rik, välartad ung brud som kan föda nästa generation Rotherhithes, inte en ofruktsam, utblottad änka som så gott som förskjutits av sin familj!”

”Ursäkta?” Amelia blinkade.

Marianne insåg att den andra kvinnan inte kände till hela hennes situation. ”Jag är rädd att Creighton var lika känslokall i döden som i livet”, sa hon sorgset, innan hon stillsamt förklarade villkoren för sitt änkestånd och sitt gräl med Arthur och Lavinia.

"Så *fruktansvärt*", sa Amelia med sin vanliga uppriktighet när Marianne hade talat färdigt. "Jag vet inte vad jag finner värst; att Creighton behandlade dig så skamligt, eller att hans arvinge försöker förvärra förolämpningen!"

Marianne log snett men sa ingenting när en betjänt ställde en rykande tekanna och ett polerat teskrin av trä på bordet mellan dem. Hon öppnade skrinet och skedade ner några av de doftande bladen i det heta vattnet.

"Med tanke på min makes karaktär borde jag inte ha förväntat mig något annat", sa hon slutligen.

"Nåväl, jag tycker att det är skandalöst", sa Amelia hetsigt, "och jag skulle vilja bjuda in dig att komma till Hampshire och bo hos oss, som min kära vän, när du tröttnar på London. Du behöver bara skicka ett brev så ska jag se till att Pembroke själv kommer med en vagn för att hämta dig." Hon log lite blygt och lutade sig närmare. "Jag kommer att vilja ha en vän i närheten om några månader", anförtrodde hon. "Jag är havande, äntligen."

"Det är underbara nyheter och ett mycket generöst erbjudande", sa Marianne varmt. "Jag tackar dig innerligt för det. Jag vågar påstå att jag kommer att tillbringa resten av mina dagar med att ligga alla mina vänner till last i tur och ordning tills de alla är innerligt trötta på att se mig på sin tröskel!"

"Aldrig i livet", försäkrade Amelia lojalt.

De fick sedan sällskap av familjen Alleyne, som kom i samlad trupp och upphetsat utropade hur väl de hade sovit, hur bekväma sängarna var och hur uppmärksamma tjänarna på Havers Hall var. Marianne var inte missnöjd med att avsluta sitt samtal med Amelia; att diskutera sina framtidsutsikter var sannerligen ett deprimerande ämne, även om det värmde hennes hjärta att veta att hon fortfarande hade Amelias vänskap.

De satt fortfarande vid bordet när ryttarna återvände; Amelias make hade mött upp de andra ute på landsbygden någonstans och de fyra kom in i morgonsalongen med breda leenden och väldig aptit. Frestad att genast ursäkta sig insåg Marianne att det skulle vara ganska oförskämt när mr Pembroke satte sig bredvid sin fru och lutade sig över henne för att glatt önska Marianne en god morgon.

"Det är sannerligen en god morgon, sir. Hade ni en angenäm ritt?"

"Mycket angenäm; det är en strålande morgon för en rask galopp!" Han vände sig till sin fru. "Jag är ledsen att du inte mådde bra nog för att följa med, mitt hjärta", sa han i låg ton, tog Amelias hand och kysste den. "Har du återhämtat dig helt?"

"Det har jag." Amelia log ömt mot honom. "Jag har bjudit in Marianne att komma och bo hos oss, kanske i början av maj."

"Jaså." Herr Pembroke sneglade på Marianne innan han såg tillbaka på sin fru, som nickade åt honom. "Lady

Creighton är hjärtligt välkommen när som helst, men om ni vill ha henne hos er då, ska jag flytta på himmel och jord för att hitta ett sätt att övertala henne."

"Sådana ansträngningar kommer inte att krävas, det lovar jag." Marianne gav honom ett varmt leende. "Jag är förtjust över att tacka ja till inbjudan och behöver kanske bara besvära er med transport, troligen från London."

"Det är inte till det minsta besvär, ers nåd." Pembroke avfärdade hennes bekymmer med en handviftning.

Stövlar mot de polerade trägolven förkunnade en ny ankomst, och Marianne såg upp, bara för att möta Alexanders blick när han kom in i rummet.

Det var som om all luft sögs ur hennes kropp, och hon knöt händerna hårt i sitt knä och borrade naglarna i handflatorna.

Lugn. Lugn, beordrade hon sig själv. *Allt det där var för länge sedan. Alexander betyder ingenting för dig nu.*

Hennes bultande hjärta avslöjade att hon ljög – och den föraktfulla blicken i Alexanders ansikte talade om för henne att det inte fanns något hon kunde göra för att vrida tillbaka klockan i alla fall. Hon sänkte blicken och försökte ta långa, lugnande andetag för att återfå sitt lugn.

Frukosten tycktes pågå en osannolikt lång tid, med alla som pratade socialt om sina planer för dagen. Även om han hade fått upp en rejäl aptit under ridturen, smakade maten som aska för Alexander.

Titta på henne, där hon sitter bland anständigt folk och agerar som om hon inte hade ett enda bekymmer i världen.

Varje leende som Marianne gav någon annan var som en dolk i hans bröst. Viscount Thorpington – som satt mitt emot henne – missade ständigt munnen med gaffeln när han stirrade på henne, fullständigt förtrollad, och den unge Joseph Alleyne var inte bättre. Alexanders hand knöts runt kniven tills knogarna vitnade; han märkte inte hur hårt hans grepp var förrän fingrarna började krampa smärtsamt.

”Är din biffstek inte till belåtenhet, Glenkellie?” frågade Thomas artigt när Alex tappade kniven med ett klirr.

”Den är utmärkt, tack”, muttrade Alex och masserade sina stela fingrar. ”En plötslig kramp, det var allt.”

Thomas gav honom en skeptisk blick innan hans blick flyttades till där Marianne satt. ”Är det så du kallar det?”

En dov rodnad spred sig över Alex kinder, och han tittade bort, tog upp sin kniv och skar i sin biff igen. Lyckligtvis lutade sig sir Tobias Alleyne över för att tala med Thomas, vilket räddade Alex från att behöva komma på ett svar på den obekväma frågan.

Damerna började först lämna bordet, och Ellen meddelade att de skulle samlas i den främre salongen för att konversera. "Jag beklagar att jag inte har några särskilda aktiviteter planerade för dagen, men med resten av gästerna som väntas anlända måste jag vara här för att välkomna dem", sa hon, och genast förklarade de andra damerna att de inte skulle önska sig något bättre än en avkopplande morgon i en bekväm salong med en varm brasa.

"Glöm inte ditt broderi, kära du", sa lady Alleyne till sin dotter, som suckade.

Marianne sympatiserade. Hon hade också alltid tyckt att broderi var dödligt tråkigt.

"Eller, om du föredrar det, har Havers Hall ett underbart bibliotek", sa hon förtroligt till miss Alleyne, "som de är mycket tillmötesgående med att låta en botanisera i. Skulle du vilja följa med och leta efter något att läsa med mig?"

"Mycket gärna!" sa miss Alleyne snabbt innan hennes mor kunde invända, och lady Serena frågade genast om hon också fick följa med.

Marianne ledde de två unga kvinnorna till biblioteket och log belåtet när de båda utbrast över samlingen. Hon lämnade dem att överväga valen från en hylla med romaner och strövade djupare in bland hyllraderna, då hon mindes att hon hade sett några reseskildringar förra gången hon besökte rummet. Berättelser om exotiska länder och äventyrliga (om än troligen högst fiktionaliserade) bedrifter skulle kunna vara precis vad som behövdes för att hålla hennes tankar sysselsatta.

Sittande vid ett fönster för att bläddra i en bok om en oförskräckt engelsk kvinnas resor i Orienten, förlorade Marianne tidsuppfattningen. Hon hörde inte de två yngre kvinnorna komma till slutet av hyllraden där hon satt, såg inte den roade blick de utbytte innan de tyst smög därifrån och lämnade henne helt ensam.

Hon höll dock på att hoppa ur skinnet när en djup röst sa: ”Så det är *här* du gömmer dig.”

Marianne knöt händerna om boken, försökte dölja deras darrning, och tog ett ögonblick för att samla sig innan hon såg upp. ”Gömmer mig? Knappast”, sa hon och försökte hålla sin ton lätt och road. ”Jag är säker på att jag var helt tydlig med mina avsikter att komma hit. Det var ju trots allt inte svårt för dig att hitta mig, eller hur, lord Glenkellie?”

Alexander stirrade ner på henne, hans ögon hårda och kalla som isflisor. En ryckning fick ärret på hans kind att hoppa till som en levande varelse när han bet ihop käkarna. Sedan överraskade han henne igen genom att slå sig ner på fönsterbänken bredvid henne. För nära! Hans lår, muskulöst och hårt under de åtsittande nankinbyxorna, pressades mot hennes genom ylletyget i hennes kjol. Marianne försökte flytta sig undan, men hon hade lutat sig mot väggen vid sin sida när hon satte sig och det fanns lite utrymme att röra sig på.

”Vi måste prata”, sa han slutligen.

”Om vad?” Hon kunde verkligen inte föreställa sig vad han kunde ha att säga till henne efter alla dessa år.

”Jag vet vad du håller på med.”

Marianne blinkade, förvirrad, och slutade försöka undvika Alexanders blickar. ”Ursäkta mig?”

”Lämna Thorpington och Alleyne utanför dina intriger. De är trevliga unga män som förtjänar bättre än att få sina hjärtan krossade bara för att du är uttråkad.”

”Jag *ber* om ursäkt!” Hennes mun föll upp av chock.

”Du upprepar dig, och du förstår mig alldeles utmärkt, tror jag. Uppmuntra inte de där två pojkarna – annars får du med mig att göra.”

Mariannes kinder blossade av plötslig ilska. ”Jag uppskattar inte era insinuationer, och låt mig klargöra att jag inte på något sätt står till svars inför er, lord Glenkellie!” Hon gjorde en ansats att resa sig, men en stark hand slöt sig om hennes handled och höll henne stadigt på plats.

”Inte så fort, *ers nåd*.” Hans djupa röst lade en hånfull betoning på hennes titel.

”Släpp mig omedelbart!” Hennes blick sköt pilar när hon såg på honom, hennes röst kall och spröd som is. Hon blev ändå förvånad när han släppte taget, hans stora fingrar öppnade sig snabbt.

”Förlåt”, mumlade han och rodnade mörkt. ”Det var inte min avsikt – jag har aldrig lagt hand på en kvinna i vrede förut.”

”Vad i herrans namn fick er då att göra det nu?” krävde Marianne, hennes ilska gav bränsle åt tungan. ”Vad har jag någonsin gjort er, att ni skulle lyfta er hand mot *mig*?”

Alexander stirrade tyst på henne.

Äcklad reste hon sig och försökte gå, men när hon nådde slutet av hyllraden, fick fyra tysta ord henne att stanna upp.

”Du krossade mitt hjärta.”

KAPITEL ELVA

ALEXANDER VISSTE INTE VAD som fick honom att erkänna det. Kanske hade det varit Mariannes rättfärdiga raseri efter att han gripit tag i hennes arm och försökt tvinga henne att lyssna. Han var fortfarande chockad över sitt eget beteende; han hade uppfostrats till att tro att våld mot kvinnor var fullständigt bortom gränserna för civiliserat uppförande.

Mariannes ansikte var svårt att tyda när hon långsamt vände sig om mot honom. Hennes blossande ilska hade bleknat, men när hon talade insåg han att hon inte var mindre rasande för det.

”Tror du att jag *frivilligt* gifte mig med en man som var mer än tre gånger så gammal som jag?”

Alex öppnade munnen för att svara ja, men när han såg ilskan glimta till i hennes ögon stängde han den igen.

”Åh, jag förstår.” Hennes röst mjuknade och hon såg genuint besviken ut. ”Du kände mig inte alls, eller hur? Vad trodde du, att jag förde dig bakom ljuset för mitt eget nöjes skull och sedan gifte mig med den rikaste mannen jag kunde fånga?”

Han kunde inte minnas att han känt sig så liten sedan han var sex år gammal och för första gången kallades att träffa sin farfar. Den gamle mannens genomträngande blick hade klätt av honom in på bara benen, och han kände sig lika hudflängd av den vackra kvinnan som nu stod framför honom och långsamt skakade på huvudet åt hans arroganta antaganden.

Till hans förvåning återvände Marianne för att sätta sig ner, även om hon flyttade till andra sidan av fönstersätet och lämnade ett ansenligt avstånd mellan dem.

"För den ömhets skull vi en gång hyste för varandra", sa hon, "och eftersom jag tror dig när du säger att jag krossade ditt hjärta, ber jag dig att låta mig berätta sanningen om mitt äktenskap med Creighton."

Barnsligt nog ville han inte höra det. Om hon talade sanning innebar det att hans agg mot henne, hans ovänliga tankar om henne, var fel. Att *han* hade fel. Det var en bitter sanning för vilken man som helst att svälja, men särskilt för en av hans rang och med hans militära erfarenhet. Under alla dessa år på slagfältet hade hans instinkter aldrig lett honom vilse.

Men nu ...

"Jag hatade honom." Mariannes röst fick honom att se upp på henne och möta hennes blick, trots skulden som fick honom att vilja studera sina skor. Om hon var villig att tala om något som måste ha varit djupt obehagligt var han henne åtminstone skyldig artigheten att lyssna.

”Från det ögonblick jag först såg Creighton ogillade jag honom. Han slickade sig om läpparna när han talade med mig och såg på mig som om jag vore en ägodel som kunde ägas – ett *ting* han åtrådde. Min fars spelskulder gjorde det till en enkel transaktion; jag blev köpt och såld genom överlämnandet av en bankväxel. Som ett boskapsdjur, eller en prydnadsvas.”

Alex kände sig lätt illamående. Marianne visade inga känslor när hon talade, utan rabblade bara upp fakta med monoton röst, trots de fasansfulla omständigheter hon berättade om.

”Även om jag protesterade högljutt när förlovningsannonsen dök upp i tidningarna, efterfrågades inte min åsikt och mitt samtycke krävdes inte. När jag en morgon blev kallad till min fars arbetsrum hade jag faktiskt inte den blekaste aning om att jag var på väg till mitt eget bröllop. Med en speciallicens i handen och en präst som inte brydde sig det minsta om mina protester, gjorde Creighton mig till sin grevinna.”

”Marianne”, sa Alex med kvävd röst, ”snälla ... gör det inte.”

”Gör inte vad?” Hennes ton hårdnade och hennes händer knöts i kjoltyget. ”Inte berätta för dig om hur två av hans betjänter tvingade mig uppför trappan till en gästsvit *i mitt eget hem* där min make sedan bara en halvtimme våldtog mig med min fars fulla godkännande? Om de många förödmjukelser jag led i Creightons händer – särskilt varje månad när min period kom och han slog mig för att jag inte hade blivit med barn och gett honom en arvinge?”

Hon hade tårar i ögonen, och Alexander hatade sig själv för att han fick henne att återuppleva minnen som uppenbarligen orsakade henne sådan smärta.

”Herregud!” Alex kunde inte sitta still längre. Han for upp och körde händerna genom håret, frustrerat ryckande i slingorna. Om Creighton fortfarande hade levt skulle han ha utmanat och skjutit jäveln själv, men det fanns ingen att rikta sin ilska mot. ”Marianne ... jag är ledsen. Jag är ledsen för det som hände dig, och jag är ledsen att jag trodde det värsta om dig. *Jag är ledsen.*”

Nu satt hon med händerna prydligt hopknäppta i knät och såg upp på honom med sina blå ögon, lik en perfekt porslinsdocka. Till slut böjde hon huvudet en aning. ”Vi har båda varit i krig”, sa hon med mjukare röst. En nätt hand lyftes och pekade mot hans ansikte. ”Du har bara ett synligare ärr än jag, det är allt.”

För en timme sedan skulle han ha blivit rasande om någon hävdat att någon upplevelse kunde jämföras med de strider han uthärdat, de fasansfulla saker han sett i kriget. Nu, efter att ha hört Mariannes känslolösa redogörelse, visste han bättre. ”Jag hade åtminstone dagar och till och med veckor av lugn och ro”, sa han. ”Dina strider utkämpades varje natt.”

”Och varje dag”, rättade hon med ett ansträngt litet leende. ”Jag var ständigt på uppvisning som Creightons mest värdefulla ägodel, förstår du, och Gud nåde mig om jag lät så mycket som ett hårstrå ligga fel.”

Hans röst darrade när han frågade: ”Slog han dig?” Han hade ingen rätt till svaret och sa det genast efter att han ställt frågan, önskande att han kunde ta tillbaka den. Han hade redan fått henne att lida nog genom att återuppleva de minnen hon redan delat med sig av.

”Ja”, svarade hon honom ändå. ”Tills hans arm blev för svag för att tillfoga tillräckligt med smärta för att få mig att skrika, det vill säga. Eller så blev jag kanske bara härdad.” Hon tystnade ett ögonblick och såg ner på sina händer. Hennes fingrar knöts igen, knogarna vitnade, innan hon medvetet slappnade av dem för att släta ut kjolen. ”Hur som helst lät han sedan en av sina betjänter ta över, en kraftig karl vid namn Stokes som verkade finna stort nöje i att få mig att skrika.”

Alex knöt nävarna. Han kunde åtminstone leta upp Stokes och få honom att inse sina misstag – men Marianne lutade sig fram och lade sin hand på en av hans.

”Hämnden bör inte ha några gränser, som skalden sa, och jag utkrävde min. Kanske är det en synd att komma med en falsk anklagelse, men jag fann ett stort nöje i att anklaga Stokes för att ha stulit några av Creightons tillhörigheter några dagar efter hans död. Earlen av Havers var mig till stor hjälp med att få honom gripen för stöld. Han har blivit deporterad till Botany Bay, har jag förstått.”

”Det är inte tillräckligt straff”, morrade Alex.

”Det är tillräckligt för mig.” Marianne såg förvånansvärt lugn ut när hon lyfte sin hand från hans och lutade sig tillbaka mot fönstret. ”Creighton är död. Han har inte längre makten att skada mig.”

”Men du bär fortfarande hans namn; sörjer det dig inte?”

"Självklart gör det det." Hon log snett. "Det är därför jag uppmuntrar mina vänner att kalla mig Marianne, och varför jag försöker bli vän med nya människor så fort som möjligt. Jag skulle mycket hellre strunta i anständigheten och bara använda mitt förnamn; om jag kunde, skulle jag aldrig mer höra namnet Creighton."

"Du skulle kunna gifta om dig?" föreslog Alex, och undrade plötsligt vad hon ansåg i frågan.

Hon skrattade, ett hest och fylligt skratt. "Du skämtar! Frivilligt ställa mig igen under en mans makt som kan göra vad han vill med mig och aldrig lida den minsta konsekvens för det? Nej tack." Hon reste sig och slätade ut sina kjolar. "Tack för att ni lyssnade på mig, lord Glenkellie. Jag hyste en gång stor ömhet för er, och även om ni hade all rätt att förakta mig för att jag övergav er utan förvarning, sörjde det mig att upptäcka att ni hade en så låg tanke om mig. Jag hoppas att ni förstår mig lite bättre nu."

"Du har hållit upp en spegel och visat mig fulheten i min egen själ", sa Alex, "och jag hoppas att du kommer att kalla mig Alexander eller bara Glenkellie, och tillåta mig att använda ditt förnamn om vi åter skulle få tillfälle att samtala privat. Oavsett vilket, svär jag att det namn din make påtvingade dig mot din vilja aldrig mer ska passera mina läppar i din närvaro; härefter ska du i offentligheten vara *lady Marianne* för mig."

"Jag är rädd att jag inte har rätt till det. Jag är ju trots allt bara en viscounts dotter."

Alex lyckades få fram ett litet leende trots sin inre oro, i hopp om att roa henne med sin nästa kommentar. "En fördel med att vara markis, har jag upptäckt, är att väldigt få vågar rätta en. Det räcker att jag förklarar att jag förväxlar er med den nuvarande grevinnan, så kommer ni snart att finna att halva London ger er den hedersbetygelsen."

Hennes läppar ryckte till, och han trodde att hon kanske faktiskt var en smula road. "Som ni behagar, Glenkellie. Jag lärde mig väl fördelarna med hög rang när det gäller att sätta trender bland societeten. Om ni vill använda er rang till min fördel, ska jag inte protestera."

"Det är det minsta jag kan göra." Han utförde en djup bugning, mycket djupare än vad artigheten krävde. "Om jag kan vara till tjänst på något annat sätt, hoppas jag att ni inte kommer att tveka att vända er till mig."

"Tack." Hon neg i gengäld och sa sedan: "Det är möjligt att jag tar er på orden, Glenkellie."

"Det skulle vara min ära att bistå, lady Marianne."

Hon böjde på huvudet, vände sig om och gick därifrån, lämnande Alex att gå av och an, rasande på sig själv. Vilken gris han hade varit som gjort de mest tarvliga antaganden utan det minsta bevis för dem! Och vad stackars Marianne hade lidit! När han såg henne gå, med kjolarna på hennes enkla, mörkgrå ylleklänning svängande lätt när hon rörde sig, insåg han att hon nästan säkert bar ett sådant alldagligt plagg för att undvika att dra till sig mäns uppmärksamhet. Kanske var det en form av uppror att nu bära en så trist klänning, på grund av hur Creighton hade krävt att hon skulle visa upp sig, klädd i de finaste klänningarna och juvelerna – alltid en perfekt modedocka.

Så småningom svalnade hans ilska mot sig själv något, och Alex lämnade biblioteket och fortsatte nerför trappan.

”Lord Glenkellie.” Butlern, Allsopp, hejdade honom i den främre hallen. ”Kan jag visa ers nåd någonstans? De andra herrarna är i biljardrummet.”

”Tack, Allsopp”, sa han vresigt, ”men jag är inte på humör för sällskap. Jag kanske tar en promenad ner till stallet och ser till att min häst uppför sig för stallpojkarna här.”

”Mycket väl, ers nåd”, sa Allsopp, oberörd. ”Tillåt mig att hämta er hatt och överrock.”

Otålig över förseningen stannade Alex ändå tillräckligt länge för att ta på sig rocken och hatten som snabbt bars fram. Det började bli kallt ute, och han trodde att det förutspådda regnet troligen skulle börja snart. När han gick raskt mot stallet hjälpte den kyliga luften till att svalka raseriet som fortfarande kokade i hans blod. När han fann Julius inackorderad i ett stort, bekvämt stall med knädjup halm att ligga i, en krubba full med hö och en hink full med färskt vatten, kände han sig nästan normal igen. Han gnuggade hingstens öron, mumlade nonsens till honom och var glad att den känsliga hästen inte uppfattade hans sinnesstämning.

Havers stall är exceptionellt, noterade Alex när han såg sig omkring på nöjda hästar i sina spiltor och stallpojkar som var fullt upptagna med att putsa seldon eller skrubba ur använda foderhinkar. Han behövde inte oroa sig för sina hästar här.

En vagn rullade in på gården när han kom ut från stallet, och han suckade.

”Fler nyanlända? Vilka är dessa?” frågade han stallmästaren som kom ut för att titta.

”Åh nej, inte den här vagnen, ers nåd. Det här är den som ers nåd Havers skickade till Cumbria för att hämta lady Creightons tillhörigheter.”

”Jag ber om ursäkt?” sa Alex, förvånad, men mannen hade redan skyndat iväg för att ta tag i ledarhästarnas betsel.

Det där var obegripligt. *Varför hade inte Marianne rest med sina tillhörigheter? Varför skulle Thomas ha behövt skicka efter dem?* Kanske var detta de ”underliga omständigheterna” kring hennes ankomst som Simons hade hört talas om. Alex bestämde sig omedelbart för att sätta sin betjänt på att undersöka saken vidare. Han hade lärt sig sin läxa; han var fast besluten att inte göra några fler antaganden om Marianne utan att ha full kännedom om fakta.

KAPITEL TOLV

MED HJÄRTAT FORTFARANDE BULTANDE när hon skyndade sig bort från biblioteket stannade Marianne bara till ett ögonblick vid salongsdörren innan hon vände sig om och smög uppför trappan. Allsopp låtsades inte se henne när hon ilade förbi honom, och hon gav betjänten en tacksam blick i vetskapen om att den skenbart kärva ytan dolde ett vänligt hjärta. Han skulle förneka all kännedom om henne för alla som frågade, det var hon säker på, även om hon knappast skulle vara svår att hitta.

Hennes rum var tomma när hon kom in. Jean var uppenbarligen ute på något ärende, men det brydde sig inte Marianne om. Just nu ville hon inget hellre än att få vara i lugn och ro för att tänka över det förbluffande samtal hon just haft med Alexander. Han hade uppenbarligen trott det värsta om henne, vilket var riktigt nedslående. Men å andra sidan, om hon verkligen hade krossat hans hjärta för alla dessa år sedan, antog hon att han hade rätt att vara arg. *Det mest överraskande,* funderade Marianne när hon kröp ihop i den bekväma fåtöljen vid brasan, sparkade av sig tofflorna och stoppade in fötterna under sig, *var Alexanders uppenbara raseri när jag berättade för honom om Creightons dåliga behandling av mig. Det är nästan som om han fortfarande hade känslor för mig.* Hon hade nästan förväntat sig att han inte skulle tro henne, att han skulle anklaga henne för att hitta på alltihop. Ändå hade han lyssnat utan att avbryta och visat ett alltmer intensivt uttryck av blandad fasa och vrede. Han hade verkligen trott på henne.

Marianne kunde inte riktigt förstå vad i hela friden som hade fått henne att berätta så mycket för Alexander. Hon hade aldrig berättat hela den smutsiga sanningen om sitt äktenskap för någon, och hade heller aldrig planerat att göra det. Men när hon upptäckt att han trodde att hon hade gift sig med Creighton av fri vilja hade orden bara exploderat ur henne, och när hon väl hade börjat verkade hon inte kunna sluta förrän hon hade berättat det värsta, men inte allt – det skulle ha tagit dagar att berätta, och hon ville inte älta allt hon hade lidit. Nu kände hon sig märkligt lätt, som om hon genom att dela sanningen med Alexander hade rensat bort en mörk börda från sig själv.

Att veta att Alexander fördömde Creightons handlingar var också tillfredsställande, även om hans förslag att hon skulle gifta om sig var skrattretande. Män som visade upp en vänlig fasad utåt kunde vara monster bakom stängda dörrar. Creighton hade ju offentligt spelat en hängiven make som njöt av att överösa sin vackra unga hustru med gåvor. Hur många damer hade inte uttryckt sin avund, förklarat att de önskade att deras män vore lika generösa?

Marianne rös vid minnet av priset hon hade fått betala för Creightons generositet, och hennes uppmärksamhet fångades av ljudet av hovar på alléns grusbelagda väg. Hon kikade ut genom fönstret och såg en enkel mörk vagn rulla mot huset, dragen av fyra hästar som var omaka i färgen men såg stadiga ut. Hon undrade om hon borde gå ner för att göra Ellen och de andra sällskap och hälsa på de nyanlända, men rynkade nyfiket pannan när vagnen inte stannade vid ytterdörren utan rullade runt till sidan av huset utom synhåll. *Kanske några tjänare som anländer före sina arbetsgivare*, gissade hon slutligen och återvände till sina egna funderingar.

Alexanders erbjudande om hjälp om hon någonsin skulle behöva det hade varit högst oväntat, men inte ovälkommet. Hon trodde faktiskt ärligt att han menade det – och med tanke på hennes osäkra framtid var det mycket möjligt att hon en dag skulle behöva be om hans hjälp på något sätt. Hon skulle naturligtvis aldrig be om ekonomiskt bistånd, men som markis fanns det mycket han kunde åstadkomma med enbart en knäppning med fingrarna, saker som skulle vara fullständigt omöjliga för henne att uppnå.

Snabba fotsteg utanför hennes rum fick henne att se upp, och sedan öppnades dörren.

”Åh, ers nåd!” Förvånad neg Jean djupt. ”Jag ber så mycket om ursäkt, jag trodde ni var nere med de andra damerna!”

”Det är ingen fara, Jean. Jag ville bara ha lite ensamhet, det är allt. Nej, nej, det är bra, kom in bara.” Marianne drog fram fötterna under sig och reste sig.

”Det är bara det att era saker har anlänt, ers nåd!” utbrast Jean. ”Hela vägen från Cumbria!”

”Jaså!” Överraskad såg Marianne på när Jean klev åt sidan för att släppa in en liten procession av lakejer i rummet,

bärande en till synes oändlig ström av koffertar och paket.
"Tog de med sig *hela* min garderob?" frågade hon förvå-
nat.

"Hans nåd greven skickade sin förvaltare med instruktion-
er om att allt som tillhörde er skulle packas", sa en av lake-
jerna med en bugning i hennes riktning. "Han skickade
också med alla lady Havers koffertar att packa i."

"Åh, så otroligt vänligt!" Det skulle inte ha spelat någon
roll för Thomas, visste hon, men det gjorde all skillnad
i världen för henne att ha alla sina egna klänningar och
tillhörigheter. Ytterligare två husor anlände för att hjälpa
Jean att packa upp medan lakejerna tågade ut. Marianne
gjorde sina husor sällskap och utbrast förtjust när koffer-
tarna slogs upp och avslöjade siden och satäng i regnbågens
alla färger.

"Det ligger ett brev i den här, ers nåd", sa en av husorna
och höll fram ett vikt papper.

Marianne tog emot det och flyttade sig ur vägen medan
husorna fortsatte att effektivt packa upp. *Faster Marianne*
stod det på utsidan med en prydlig, exakt handstil, och
hon log när hon återvände till sin fåtölj för att öppna det.
Antingen Diana eller Clarissa, gissade hon, hade skrivit
lappen.

Kära faster Marianne, jag behöll de två klänningar du
gäv mig, och Clarissa fyllde hela sin syask med band och
spetsar, men vi hjälpte husorna att packa allt annat från
din garderob. Pappa ville inte öppna sitt kassaskåp för att
lämna över juvelerna den förre greven köpte åt dig, men
lord Havers förvaltare var ganska enträgen. Vi hoppas att

du mår bra och njuter av din vistelse hos dina vänner, och vi ser ivrigt fram emot att träffa dig i London på det nya året, eftersom mamma och pappa nu är helt införstådda med att hela familjen måste åka. Med kärlek, Diana.

En knackning på dörren skrämde Marianne, och Jean lämnade uppackningen för att ila över och öppna. "Hans nåd Havers vill träffa ers nåd", meddelade hon Marianne.

"Tack." Marianne stoppade lappen i fickan, stack fötterna i sina tofflor och gick till dörren.

"Ers nåd." Thomas böjde respektfullt på huvudet. "Jag undrar om du ville avvara några minuter av din tid, kanske i mitt arbetsrum?"

"Gärna." Marianne nickade åt Jean att fortsätta med sitt arbete, lämnade sitt rum och slog följe med Thomas. Han erbjöd galant sin arm, och hon tog emot den med ett leende.

"Jag hoppas att Jean tar hand om dig till din belåtenhet?" frågade han.

"Hon är den i särklass mest tillmötesgående husa jag någonsin har haft", sa Marianne ärligt, "och jag skulle med glädje skriva henne en utmärkt rekommendation när som helst i framtiden, om hon skulle behöva en."

"Jag tror faktiskt att hon snarare hoppades på att du skulle erbjuda henne en permanent anställning i din tjänst", anmärkte Thomas.

”Jag önskar bara att jag kunde. Utan en fast inkomst är jag dock rädd att jag inte kan garantera henne en långsiktig anställning, och det skulle vara ganska orättvist mot Jean.”

”Vad det beträffar”, sa Thomas när de svängde för att gå nerför trappan tillsammans, ”har jag några idéer som skulle kunna ge dig en ganska trevlig liten inkomst med en liten initial investering.”

”Men jag har inga pengar att investera, Thomas!” Hon kastade en förtvivlad blick upp på honom. ”Har du redan glömt hur jag anlände till din dörr? Sannerligen inte, eftersom dina män just har återvänt från att ha hämtat de tillhörigheter jag inte kunde ta med mig, vilket jag inte kan tacka dig nog för!”

Thomas gjorde en avvärjande gest. ”Tänk inte på det. Du blev vän med Ellen i London när hon var en väggblomma, och jag kan aldrig tillräckligt uttrycka min tacksamhet för den vänligheten.”

”Jag har aldrig varit gladare över den impuls som drev mig att tala med henne den kvällen”, insisterade Marianne, ”för jag har hittat den syster jag alltid önskat att jag haft.”

”Hon säger detsamma om dig, och jag betraktar även dig som min egen syster”, sa Thomas, ”vilket är anledningen till att jag gärna utför vilken tjänst som helst som står i min makt.”

De hade anlänt till arbetsrummet, och Thomas öppnade dörren för att ledsaga Marianne in. En stor trälåda stod mitt på skrivbordet, med en pappersbunt bredvid sig.

”Varsågod.” Thomas visade Marianne till en stol, och hon satte sig ner och tittade nyfiket på Thomas medan han samlade ihop papperen. ”Tydligen förde din bortgångne make register över alla smycken han köpte till dig.”

”Jo, ja, men jag förstod det som att de alla var egendom som tillhörde godset och nu hade övergått till den nya lady Creighton”, sa Marianne förvånat.

”Hade han bokfört inköpen annorlunda, hade de kanske gjort det, men när hans jurister besökte banken under boutredningen förvarades varje smycke med inköpskvittot, vars kopior du ser här.” Thomas räckte henne pappersbunten. ”Vart och ett av dem har en handskriven anteckning längst ner som lyder: ’Köpt till Marianne’.”

Bara åsynen av hennes före detta makes handstil, stor och spetsig som om pennan nästan stuckit igenom papperet, sände en rysning längs Mariannes ryggrad. Hon tittade bara på det översta arket innan hon frågade: ”Jag förstår inte vad det betyder, tyvärr. Om de köptes för Creighton-pengar tillhör de väl fortfarande godset?”

”Enligt lagen tillhör de dig. Jag misstänkte att så var fallet; sista gången jag talade med den förre greven visade han mig en pärlbrosch han hade beställt till dig, och jag såg kvittot med exakt den anteckningen på. När jag skrev till den nuvarande greven och bad honom skicka tillbaka era tillhörigheter med mina män, påpekade jag att det skulle vara enklare för honom att skicka juvelerna med min förvaltare än att jag skulle behöva kontakta hans jurister för att begära att de skulle återlämnas å dina vägnar.”

Hon kom ihåg den där pärlbroschen. Creighton hade gett henne den dagen före Thomas och Ellens bröllop och nästan befallt henne att bära den. En ful, prålig sak som garanterat drog blickarna till sig; hon hade gjort sitt bästa för att dölja den genom att fästa den vid midjan istället för vid barmen. Hon misstänkte halvt om halvt att det hade varit Creightons ilska över hennes trots, hur liten den än var, som hade lett till hans dödliga slaganfall, även om det kunde ha varit vilken som helst av ett antal små förseelser från hennes sida. Hon hade ju roat sig den dagen.

"Jag vill inte ha den", sa hon instinktivt när Thomas räckte henne en liten järnnyckel och nickade mot kistan.

"Broschen?"

"Något av det." Marianne lade ner nyckeln på skrivbordet och skakade på huvudet. "Det här är det enda smycke jag någonsin har velat bära." Hon sträckte sig mot sin hals, där ett enkelt silverkors hängde på en fin kedja. "Det var min mors, det enda jag har kvar av henne. Min far sålde hennes andra juveler för att finansiera sitt spelande, men det här var inte värt tillräckligt för att han skulle bry sig om det. Creighton tillät mig aldrig att bära det; nu när jag har valet skulle jag helst inte bära något annat."

"Fullt förståeligt", sa Thomas vänligt. "I så fall, varför inte överväga att sälja dem? Några av dessa smycken är värda en ansenlig summa, vet du."

"Är de?" Marianne hade aldrig tänkt på det. Creighton hade aldrig tillåtit henne att se räkningar eller kvitton för någonting; hennes räkenskaper skickades alla direkt till honom.

”Absolut enligt dessa. Trehundrasjuttiofem pund för ett rubinhalsband och örhängen, till exempel.”

Marianne rynkade pannan. ”Ett rubinhalsband? Jag hade aldrig ett rubinhalsband.”

”Inköpt från Garrard's några dagar före hans bortgång. Det är möjligt att han aldrig fick chansen att ge dig det.” Thomas tog upp nyckeln hon hade avvisat, öppnade lådan, kontrollerade ett nummer på ett av papperen och tog ut ett platt smyckeskrin med ett nummer skrivet i krita på locket.

”Usch”, muttrade Marianne när Thomas öppnade skrinet. Halsbandet var extremt prålig, och örhängena såg tunga ut. ”Jag skulle ha hatat att bära det där.”

”Tja, om jag skulle spendera flera hundra pund hos Garrard's, tror jag inte att det är vad jag skulle ha valt”, sa Thomas diplomatiskt.

Marianne sträckte sig fram för att stänga skrinet och skakade på huvudet. ”Även om han hade haft bättre smak skulle jag ändå inte vilja bära juveler han valt åt mig. Jag fick åtminstone välja mina egna klänningar, även om de alltid var tvungna att vara högsta mode. Dessa ... var en demonstration av hans makt över mig, inget mer. Jag vill inte ha dem.”

”Så låt oss ordna med att sälja dem”, sa Thomas praktiskt. ”Om vi kan få priser som är ens hälften av vad Creighton betalade, kommer du att ha ett trevligt litet sparkapital. Se det som en riktig änkepension, om du så vill.”

”Det ska jag sannerligen göra”, bestämde hon, nöjd med tanken på att bli av med juvelerna och samtidigt få ett mått av ekonomiskt oberoende. ”Skulle du kunna hjälpa mig med försäljningen, Thomas? Jag skulle inte veta var jag skulle börja.”

”Inte jag heller, men jag ska undersöka å dina vägnar hur man uppnår de bästa priserna, det lovar jag dig.”

”Kanske lord Glenkellie skulle kunna hjälpa till?” föreslog hon trevande, medveten om att Alexander kände mycket fler människor i London än Thomas.

Thomas gav henne en nyfiken blick. ”Jag hade fått intrycket att du och Glenkellie inte var på bästa fot med varandra”, sa han försiktigt.

”Ett missförstånd”, slingrade sig Marianne, ”och ett som nu ligger i det förflutna. Jag tror att han skulle vara mottaglig för att åtminstone ge några kontakter.”

”Då ska jag be om hans hjälp. Vill du under tiden att jag låter placera lådan i ditt rum?”

”Nej”, sa hon omedelbart. ”Bara ... lås in den någonstans säkert, om du är snäll.”

”Som du önskar.”

Hon välsignade Thomas för att han inte ställde fler frågor. Han hade en mycket god uppfattning om hur olyckligt hennes äktenskap hade varit, misstänkte hon, även om hon hade delat med sig av betydligt färre detaljer till honom och Ellen än till Alexander.

Istället lade han bara tillbaka rubinhalsbandet i lådan, låste den igen och räckte henne ett enda papper och sa att det var den fullständiga inventeringen av lådans innehåll. Den var skriven av hans förvaltare och hade kontrasignerats av Arthur, vilket intygade att alla juveler tillhörde henne, Marianne, och inte var Creighton-godsets egendom. Det var mycket fler än hon hade insett, och totalsumman längst ner på arket fick henne att spärra upp ögonen. Thomas hade helt rätt; om de kunde uppnå priser som var ens hälften av juvelernas nyvärde, skulle ekonomiskt oberoende verkligen vara inom räckhåll.

KAPITEL TRETTON

Juvelerna kan vara lösningen på mina penning-bekymmer, tänkte Marianne när hon vek ihop pappret och stoppade det i fickan bredvid Dianas lapp. Medan hon gick uppför trappan för att återvända till sitt rum funderade hon på möjligheterna. Hon skulle kunna erbjuda Jean en anställning. Hon kunde köpa en stuga någonstans för dem båda, men att dra sig tillbaka till en stuga på landet lockade henne inte. Bättre att investera pengarna, med Thomas råd, och hålla fast vid sin ursprungliga plan att tillbringa större delen av året hos vänner. Åtminstone skulle hon nu kunna betala för sig utan att vara helt beroende av andras generositet, vilket var en enorm lättnad.

”Ers nåd.” Jean vände sig mot henne med strålande ansikte när Marianne kom in i rummet igen. ”Jag har aldrig sett sådana klänningar!”

Kammarjungfrun höll en klänning i händerna, en som Marianne vagt mindes att hon hade beställt men ännu inte burit. Den var gjord av ett mörkt smaragdgrönt siden och hade ett skirt guldbroderi över hela livet och runt fållen och ärmsluten.

”Ett sådant *tyg*”, sa Jean nästan vördnadsfullt. ”Det är inte ens skrynkligt!”

”Det är sådant fint siden är”, sa Marianne med en nickning. ”Jag hade glömt hur vacker den här var.” Hon fingrade på ärmen och frågade: ”Tycker du att jag ska ha den på mig ikväll?”

”Åh, ja!”, utropade Jean entusiastiskt. ”Jag kan inte tänka mig någon färg som passar ers nåd bättre, ni kommer att bli allas blickfång!”

”Du smickrar mig, men jag är också övertygad.” Marianne tvekade innan hon sa: ”Jag vet att du redan har hjälpt mig att klä mig en gång idag, Jean, men nu när mina finare klänningar har kommit tror jag att jag skulle vilja byta om från den jag har på mig. Jag har växlat mellan samma två klänningar i nästan fjorton dagar nu.”

”Självklart, ers nåd.” Jean lade vördnadsfullt den smaragdgröna sidenklänningen på sängen och skyndade in i påklädningsrummet, där de andra två kammarpigorna fortfarande höll på att packa upp koffertar och hänga upp klänningar. ”Vad sägs om den här, ers nåd?”

Klänningen var av ull istället för siden, men en fin, mjuk lammull färgad i en vacker nyans av gentianablåviolett. Vackert skuren, Marianne mindes den som både varm och bekväm att bära.

”Perfekt”, sa hon, nöjd med Jeans val, och stod stilla för att låta sin kammarjungfru hjälpa henne med knapparna.

Ombytt till en fin klänning började Marianne känna lite av sitt gamla självförtroende återvända. Hon hade alltid rört sig med lätthet bland den högsta societeten, påminde hon sig, obrydd om vad någon av dem tyckte om henne. Deras åsikter hade ju ingen makt att skada henne, och att möta mycket verkliga hot varje dag i sitt äktenskap hade härdat henne mot småaktiga förolämpningar. Hennes uppenbara oräddhet hade gjort henne förvånansvärt populär bland de mest svårflörtade, inklusive patronessorna på Almack's.

Minnet av hur hon hade hållit stånd mot en rysk prinsessa och ett otal hertiginnor, grevinnor och fler utan fruktan fick Marianne att le när hon strök händerna över kjolarna. Hennes fina klänningar var lika mycket rustning som en medeltida riddares plåtharnesk och sköld.

”Åh, ni har något i fickan, ers nåd.” Jean höll fram de vikta pappersarken hon hade hittat i fickan på den avlagda klänningen. ”Vill ni ha dem med er, eller ska jag lägga dem i sekretären?”

Marianne tänkte att hon borde skriva ett brev till Diana för att tacka henne och berätta det förväntade ankomstdatumet för sällskapet från Havers till London, och nickade. ”I sekretären, tack, Jean.”

”Mycket väl, ers nåd. Vilka skor ska ni ha?”

”Åh, de här tofflorna blir bra.” Marianne tittade ner på de ljusbruna tofflorna av getskinn som hon hade haft på sig hela morgonen. Jean såg lite ogillande ut, men Marianne var oberörd. Hon hade tagit med sig de tofflorna eftersom de var hennes favoriter, åtsittande och bekväma på fötterna. Det var inte som om någon skulle se mer än tåspetsarna under hennes långa klänningskjol.

Klädd i en ny, högkvalitativ klänning studerade Marianne sig själv i spegeln. *Inga fler gömställen i mitt rum,* bestämde hon sig för. Nu när hon hade slutit fred med Alexander fanns det ingen annan vars åsikt hon brydde sig om – förutom Thomas och Ellen, förstås, men hon visste redan att hon hade deras lojala stöd.

"Jag går ner för att förena mig med resten av sällskapet, Jean", meddelade hon kammarjungfrun, som höll på att lägga hennes brev i den vackra lilla sekretären vid ett av fönstren.

"Mycket väl, ers nåd. Jag ska se till att Anne och Polly lägger undan alla era saker precis som de ska vara." Jean sträckte på sig lite av stolthet. "Vi ska ägna eftermiddagen åt att pressa bort skrynklor från allt."

"Du behöver inte göra allt på en dag", sa Marianne, road och rörd av Jeans hängivenhet. "Se till att den smaragdgröna sidenklänningen är klar för ikväll och välj en annan dagklänning för imorgon, så kan resten vänta."

"Skjut inte upp till morgondagen det du kan göra idag, säger alltid min mor", svarade Jean med ett leende. "Lämna bara allt till mig, ers nåd."

Marianne skakade på huvudet, lämnade Jean åt sitt arbete och gick ner igen. När hon kom fram till hallen samtidigt som Ellen kom ut ur den främre salongen log hon mot sin vän. "Jag ber verkligen om ursäkt för att jag övergav dig!"

”Inga ursäkter behövs, jag hörde att din garderob hade anlänt! Och jag ser det verkligen. Vilken vacker klänning!”

Marianne kråmade sig lite, glad över att bära färger igen, och svischade lite med kjolarna. ”Är den inte vacker? Madame Fallou gjorde den åt mig, känner du till hennes butik?”

”Jag är rädd för att jag inte gör det.”

”Jag måste ta dig dit när vi kommer till London. Hon skulle älska att klä dig.”

”Åh, men jag har redan tillräckligt med klänningar”, avstod Ellen.

Marianne skrattade och krokade arm med sin väninna. ”Ellen, min käraste vän. Man kan *aldrig* ha för många klänningar!”

Ytterligare tre grupper av gäster anlände under dagen, vilket fullbordade listan över dem som skulle bo på Havers Hall för bjudningen. De trängdes i huset, trots dess stora storlek, och störde jämvikten och Alexanders sinnesfrid. Oförmögen att undvika sällskap som han kanske hade kunnat i sitt eget hem tvingade han sig själv att vara sällskaplig med de andra herrarna som Thomas hade bjudit in, och blev angenämt överraskad. De var alla förnuftiga och intelligenta män, med ett samtalsämne som inte tråkade ut honom till döds. För första gången sedan han lämnat armén befann sig Alex bland sällskap som inte irriterade honom.

Åtminstone när han var bland herrarna. Även om damerna också uppenbarligen var intelligenta, verkade nästan alla inspektera honom ungefär som om han vore en hingst de planerade att använda i avel; mer än en gång hörde han kommentarer om sina fina ben och utmärkta tänder. Lady Alleyne kastade praktiskt taget miss Alleyne i famnen på honom, och även om lady Serena Thorpe var för väluppfostrad för att göra en scen av sig själv, såg hon ändå till att placera sig i situationer där han inte helt kunde undvika henne.

Den enda kvinnan han faktiskt skulle ha velat tillbringa tid med undvek honom inte längre, men hon verkade inte heller ha någon särskild önskan om hans sällskap. Iförd de färgstarka, vackert skräddade klänningarna från sin nyligen levererade garderob drog Marianne blickarna till sig vart hon än gick.

Inklusive hans.

Särskilt hans.

Alexander satte nästan tungan i halsen när hon seglade in i salongen den kvällen iförd den vackraste gröna klänningen, med håret i en massa av rödbruna lockar högst upp på huvudet. I ögonvrån såg han viscount Thorpington tappa sitt sherryglas, gapande med öppen mun åt synen framför honom.

Herr Alleyne var lite mindre tafatt och skyndade sig till Mariannes sida, men hennes blick på den yngre mannen var inget mer än tolerant och road, såg Alex nu. Hans svartsjuka hade förblindat honom tidigare, men en kväll då han iakttog Marianne varsamt avvisa både Alleyne och Thorpington klargjorde att hans anklagelse om att hon uppmuntrade dem hade varit både grundlös och förolämpande. Hon gav ingen av dem den minsta uppmuntran; faktiskt hade Alexander anledning att vara tacksam mot henne när hon styrde Thorpington i miss Alleynes riktning och uppmuntrade honom att föra henne till bordet.

Alex, som hade hoppats på att få sitta bredvid Marianne vid middagen, blev besviken när han fann sig själv mellan fru Pembroke och en av de nyanlända, en miss Florence Wilson, som hade anlänt idag med sin tvillingsyster miss Fiona och deras föräldrar. En trevlig flicka om än ingen stor skönhet, hon var tydligen för överväldigad för att tala alls, vare sig till honom eller ens till den vänlige sir Tobias Alleyne, som satt på hennes andra sida.

Fru Pembroke var tillräckligt vänlig, även om hon iakttog honom med vaksamma ögon, och hans vetskap om att hon och Marianne stod varandra nära hindrade honom från att ägna Marianne alltför mycket uppmärksamhet under måltiden. Han var ändå mycket medveten om henne i varje ögonblick. Sittande på andra sidan bordet och två platser ner var det lätt nog för honom att i smyg iaktta henne, beundra hur stearinljuset glimmade i hennes eldiga lockar, insupa hennes låga, musikaliska skratt när hon samtalade bekvämt med mr Wilson och mr Pembroke.

Även när han sa till sig själv att han slösade bort sin tid, att Marianne inte hade något intresse av att gifta sig igen och att han respekterade henne för mycket för att nöja sig med något mindre än äktenskap, kunde han inte förmå sig att titta bort. Han borde försöka locka miss Wilson ur sitt skal, upptäcka vad Ellen hade sett hos flickan, eller kanske svara på lady Serenas frekventa leenden, eller ta de många tillfällen lady Alleyne erbjöd att lära känna hennes dotter.

Inget av dem tilltalade honom det minsta. Marianne drog honom till sig som gravitationen: en kraft lika obeveklig som den var osynlig.

”Jag tror att ni har en beundrare i lord Glenkellie”, mumlade mr Pembroke till Marianne när desserten serverades. ”Men å andra sidan, om jag inte vore så förälskad i Amelia, är jag säker på att jag också skulle ansluta mig till skaran av era beundrare”, tillade han när hon inte sa något. ”Jag tvivlar inte på att hon redan har pressat er att dela med er av er sömmerskas hemlighet.”

Marianne log och valde att bara svara på hans sista anmärkningar. ”Jag hoppas att Amelia inte kommer att tära för mycket på er plånbok.”

”Ni har åtminstone bara er hustru att spendera på, Pembroke”, grymtade mr Wilson. ”Med tvillingdöttrar ute samtidigt svär jag på att min bankir rycker till varje gång jag kommer på besök! Band och hattar och nya dansskor varje vecka och jag vet inte allt.”

”Ni kommer att sakna dem när de inte längre är i ert hus, tror jag”, sa Marianne vist. Herr Wilson var en kärv typ med ett hjärta av guld, kunde hon redan se. Hans blick mjuknade varje gång han såg på sin fru eller någon av sina döttrar.

”Hm”, muttrade mr Wilson, men han nickade. ”Det måste vara en speciell ung man för att vinna någon av mina flickor. Skulle inte vilja att de var alltför långt ifrån varandra heller. De står varandra mycket nära.”

”De är ganska identiska. Säg mig, insisterar ni på att de bär olika färger så att ni kan skilja dem åt?”, retades Marianne milt.

”Åh, fru Wilson och jag vet alltid. Vi får dem att göra det för att bespara andra folk pinsamheter.” Herr Wilson gav henne ett listigt leende.

Hon skrattade. Tvärs över bordet mötte hon Alexanders blick för tjugonde gången och tittade hastigt bort, med en svag rodnad som steg upp på kinderna. Varför *tittade* han så mycket på henne? Hon hade trott att allt var avgjort mellan dem efter deras samtal den morgonen!

Även om några av männen valde att dröja kvar i matsalen efter middagen, valde de yngre i sällskapet att följa med damerna tillbaka till salongen, där fru Wilson pressade sina döttrar att uppträda för sällskapet.

Till Mariannes förvåning hade Alexander valt att följa med damerna; föregående kväll hade han dröjt kvar över portvin och cigarrer en ganska lång stund. Ikväll tog han plats och accepterade en kopp te med all sken av förtjusning.

Systrarna Wilson uttryckte motvilja, och Marianne suckade inombords när deras mor insisterade. Varför pressade vissa mödrar ständigt sina döttrar att visa upp sig offentligt? Hon hoppades att flickorna inte var alltför obekväma. Slutligen utbytte de blickar och gick tillsammans till pianofortet, där de utgjorde en vacker syn i sina pastellfärgade klänningar, Florence i persika och Fiona i blekgrönt.

I förväntan på ett medelmåttigt framträdande for Marianne spikrakt upp i stolen när Florence började spela. Hon var en exceptionellt skicklig musiker, och äkta känsla lyste igenom i hennes spel. Sedan började Fiona sjunga, och allt samtal i rummet tystnade när hennes röst steg mot skyn.

Alexander verkade helt trollbunden av musiken, och Marianne kände plötsligt en avund välla upp i bröstet. Hon hade aldrig visat någon särskild fallenhet för musik och hade klamprat sig igenom de obligatoriska lektionerna på pianoforte tills hennes far bestämde sig för att spara den utgiften. Det var en av de sällsynta av hans besparingar som hon inte hade hyst agg mot.

Nu, när hon såg Alexanders hänförda ansikte, önskade hon att hon hade hållit ut. Kanske om hon bara hade övat hårdare – men nej, hennes musiklärare hade bara någonsin gett henne halvhjärtat beröm. Alexander skulle aldrig ha sett på henne så där.

Njutningen hon hade känt under kvällen var borta, och Marianne lutade sig tillbaka i sin stol och smuttade på sitt te. *Det borde inte spela den minsta roll om Alexander njöt av två trevliga unga damers spel och sång*, försökte hon säga till sig själv.

”Du måste uppträda härnäst, Leonora!”, viskade en röst bakom henne. Lady Alleyne, förmodade Marianne. ”Det är uppenbart att lord Glenkellie har en förkärlek för musik!”

”Efter det här framträdandet skulle jag låta som ett kattskri”, svarade miss Alleyne mjukt.

Marianne dolde sitt leende i tekoppen. Fröken Alleyne var ingen dumbom.

”Jag säger dig, han letar efter en hustru. Om du inte ställer dig framför honom kommer någon annan flicka att bli hans markisinna!”, väste lady Alleyne. Även om hon höll rösten låg, var Mariannes hörsel utmärkt och hon hörde varje ord helt klart.

Fröken Alleyne svarade inte, och Marianne fann sig själv granska Alexanders uttryck igen när systrarna Wilsons spektakulära framträdande närmade sig sitt slut. Han reste sig för att applådera med resten av herrarna, och mottagandet var lite mer högljutt än vad som skulle anses passande i Londons salonger. Men med en earl och en markis som ledde applåderna, vem skulle förebrå dem?

Florence Wilson drog sig tillbaka in i sitt skal efter framträdandet och satte sig nära sin mor, men Fiona kråmade sig när beröm östes över henne för hennes sång. Marianne lade till sina komplimanger till det allmänna berömmet, men en liten glöd av svartsjuka brann i hennes bröst när Alexander kysste flickans hand och förklarade att hon hade en ängels röst.

Det är fel av mig att vara avundsjuk, försökte Marianne bestämt säga till sig själv. Hon borde vara glad över att Alexander planerade att gifta sig; han förtjänade lycka, trots allt. Och han kunde göra mycket sämre ifrån sig än att välja en av de unga damerna på Havers Hall; Ellen var en utmärkt människokännare.

Så varför kände hon sig absolut miserabel när hon såg miss Fiona Wilson le upp mot Alexander?

KAPITEL FJORTON

"ETT MYCKET TREVLIGT SÄTT att tillbringa en kväll, eller hur, Glenkellie?"

"Ursäkta?" Alexander rycktes ur sina tankar och vände sig om för att se att viscount Thorpington talade till honom.

"Gårdagskvällen. Jag uppskattade den verkligen."

"Det gjorde jag också", instämde Alex. Han hade i sanningens namn blivit glatt överraskad; han kunde inte minnas när han senast hade roat sig så mycket. Det enda lilla molnet på himlen hade varit Mariannes tystlåtna humör; hon hade bidragit föga till konversationen efter middagen och han hade saknat den kvicka humor och de träffsäkra iakttagelser hon alltid tillförde varje sammankomst. Han kunde bara anta att det var hans närvaro som hade hämmat henne; flera gånger hade han tittat upp och mött hennes blick och sett hennes fina ögonbryn rynkade.

"fröken Alleyne är ganska förtjusande", sa Thorpington i en nästan frågande ton.

"En trevlig ung dam", höll Alex med, med tankarna helt hos Marianne, men så lade han märke till hur den yngre mannens ansikte föll. *Aha, så det var åt det hållet vinden blåste.* "Mycket söt", tillade han. "Jag har förstått att hennes hemgift är ganska betydande, om ni överväger henne, Thorpington. Oklanderlig familj, allt sammantaget. Sir Tobias är mycket uppskattad på krigsministeriet, även om hans hustru är en smula... tja, jag tvekar att säga påträngande, men hon är sannerligen ambitiös."

Thorpingtons leende var snett. "Lady Alleyne är ingenting jämfört med min mor."

"Inte min heller." Alex log tillbaka, och en kamratlig tystnad föll mellan dem medan de fortsatte sin promenad. Thomas hade organiserat en fasanjakt denna morgon, men Alex och Thorpington hade hittills inte hittat en enda fågel, även om de ständigt hörde skott på avstånd. Kanske de andra hade mer tur.

"Så, öh...", sa Thorpington tveksamt efter ett tag. "Leonora... miss Alleyne, menar jag..."

"Vägen är fri för er, Thorpington. Men det är bäst att ni skyndar på innan damens huvud förvrids av alla kavaljerer som utan tvivel kommer att falla för hennes fötter i London." Alexander gav honom en nick, trots att viscounten sannerligen inte behövde hans tillåtelse.

"Tack för ert råd", sa Thorpington med ett flin. "Men ni är alltså inte intresserad...?"

"Som sagt, hon är en förtjusande flicka. Det viktiga ordet är *flicka*. Ta inte illa upp, men flickor i miss Alleynes ålder känns väldigt unga för mig."

"Ni är knappast lastgammal!"

Alex strök med tummen över ärret på sin kind. "Krig får en man att åldras", sa han slutligen. "Jag tillbringade för många år med att slåss, och ibland känns det som om jag åldrades fem år för varje år jag var borta från England. Fröken Alleyne har knappt kommit ur skolbänken – liksom er syster, ingen illa menat."

"Ingen fara. Hon har inga ambitioner i er riktning, det kan jag försäkra er. Hon är rätt fäst vid en gammal skolkamrat till mig, förstår ni."

"Aha." Alex nickade vist. "Tack för varningen. Jag uppskattar det. Jag är säker på att jag skulle kunna bli våldsamt förälskad i henne om jag fick chansen."

Thorpington skrattade åt hans uppenbart oärliga kommentar och pekade sedan. "Titta där!"

De var båda alldeles för sena med att höja sina gevär för att få fågeln, och Alex suckade när han sänkte sitt. "Patetiskt. Det är tur att jag inte längre är beroende av min träffsäkerhet för att få middag."

"Inte längre?" frågade Thorpington.

"Spanien", sa Alex, utan att ge någon ytterligare förklaring, och tacksamt nog trugade den yngre mannen inte.

De gav upp, vände om och gick tillbaka mot herrgården. Huset var inom synhåll när Thorpington talade igen. "Har skvallerbyttorna fel, då? Letar ni inte efter en hustru?"

"Nej, det gör jag", erkände Alex. "Det var inte meningen att jag skulle ärva titeln, men nu när jag har gjort det... tja, nästa arvinge efter mig är inte någon man skulle vilja ha ansvarig för någonting, än mindre ett markisat som ansvarar för tusentals människors uppehälle. Han skulle spela bort godset till konkurs inom en månad.”

”Så ni behöver en hustru för att få en arvinge, men debutanterna är alla för unga för er smak?” sammanfattade Thorpington.

”Exakt.”

”Är det lady Creighton, då?”

Alex snubblade och höll på att falla handlöst i gräset, och skulle ha gjort det om inte Thorpington snabbt hade stuckit in en hand under hans armbåge. ”*Vad* sa ni?” stammade han och återfick balansen.

”Lady Creighton?” Thorpingtons panna rynkades. ”Jag menar... alla talar om sättet ni ser på henne. Och hennes äktenskap var notoriskt olyckligt, men hon är änka nu och fullt respektabel, om ni inte har tvivel för att hon inte gav Creighton några barn...”

”Herre Gud, var snäll och sluta prata. Och jag som trodde att ni var tystlåten!” Alex tryckte en hand mot pannan.

Thorpington rodnade. ”Bara i damers närvaro”, muttrade han. ”De får mig att känna mig löjlig.”

”Damer gör oss alla till åtlöje”, sa Alex torrt. ”Särskilt om vi är dumdristiga nog att upprepa skvaller som rör dem.” Han gav Thorpington en sträng blick. ”Var snäll och nämn inte lady Creightons namn i något sådant skvaller igen.”

"Ja, ers nåd." Thorpington hade blivit illröd av förlägenhet. "Jag ber så hemskt mycket om ursäkt, ers nåd."

Alltför upprörd för att göra mer än att nicka ett erkännande, stegade Alex tillbaka upp för trappan till huset och lämnade över sitt gevär till Simons, som väntade på honom i hallen. "Ingen jaktlycka idag", sa han kort som svar på betjäntens frågande min.

"Synd, ers nåd. Om ni vill komma in i stövelrummet?"

Han hade varit på väg att storma uppför trappan men stannade tvärt vid frågan. Detta var inte hans hus, och det skulle vara oförlåtligt oartigt att lämna lera över hela Havers Halls skinande golv. Även om Thomas anställde en armé av tjänare för att hålla dem så.

De andra herrarna hade återvänt till huset – och bar, förbaske mig, på ganska många fåglar – när Alex hade fått av sig sina stövlar. Tyvärr kunde han inte komma på något elegant sätt att undvika Thomas inbjudan att ansluta sig till de andra i biljardrummet när han hade gjort sig i ordning. Simons hade tvättvatten och ombyte redo i hans rum, och han var snart färdig att gå ner.

"Ursäkta mig, lord Glenkellie", hejdade Allsopp honom i entréhallen. "Ett brev har just anlänt till er." En silverbricka presenterades.

Alex rynkade pannan när han plockade upp det förseglade brevet. "Herregud, det är från min mor", sa han bestört och inspekterade avtrycket i vaxsigillet.

"Så illa?" frågade Thomas, som kom nerför trappan bakom honom.

Alexander bröt sigillet och grimaserade. "Antagligen."

"Stig in i mitt arbetsrum för att läsa det, om du vill." Thomas gestikulerade.

Alex accepterade inbjudan och sjönk ner i en stol vid fönstret för att kisa mot sin mors handstil, så extravagant snirklad och utsmyckad att den knappt var läsbar.

Min käre Alexander,

Jag är ganska nedstämd över att inte finna dig i London.

"Herregud, hon är i London!"

Thomas, som bläddrade igenom några papper vid sitt skrivbord, undertryckte ett frustande åt Alex bestörta ton. Alex ignorerade honom och fortsatte läsa.

Jag hade planerat att spendera lite tid med dig innan jag avreser till Italien i april. När du återvänder till staden kan vi påbörja din jakt på en brud. Det verkar finnas en ganska lovande skörd av debutanter i år; även om några av dem tillbringar julen på landet har jag redan sett ett par som skulle passa dig. Skriv och berätta när jag kan förvänta dig,

Din älskande

Mor

”Fan!” sa Alex, och bestämde sig sedan för att det inte var ett tillräckligt starkt utrop. Han lät en ström av svordomar flöda som fick Thomas ögon att vidgas.

”Glenkellie! Vad i himlens namn har hänt?”

”Jag måste åka till London.” Alex kastade brevet i elden med avsmak och skakade på huvudet. ”Min mor kommer att ha en annons om min förlovning i tidningarna innan veckans slut annars.”

”Förlovning med *vem*?” frågade Thomas i fullständig förvirring.

”Vem hon än bestämmer passar mig bäst.” Alex grimaserade. ”Min mor är en naturkraft, är jag rädd. Att lämna henne utan uppsikt i London är att be om problem. Hon hade inte på långa vägar en så bred bekantskapskrets på Glenkellie för att hjälpa och underblåsa hennes upptåg, förstår du, och hon är fullt kapabel att välja ut en brud åt mig och berätta det för mig efter att hon redan har ordnat saken med flickans familj. Jag är rädd att jag måste åka, om så bara för att undvika att bli stämd för brutet löfte hon kan avge å mina vägnar.”

”Självklart, men vi kommer att sakna ditt sällskap. Stanna åtminstone en natt till; klockan är redan tolv, och när du har packat klart kommer det att vara nästan mörkt. Res i gryningen.”

Thomas hade förstås rätt. Med en ansatt suck nickade Alex sitt tack. ”Jag beklagar att jag stör dina planer – och jag beklagar verkligen att jag måste lämna din bjudning. Jag har inte haft så roligt på länge.”

"Det är glädjande att höra, och vi kommer att sakna ditt sällskap. Jag är glad att du stannar i natt, åtminstone; du kan be Ellen om ursäkt själv. Hon skulle bli mycket missnöjd om du smög iväg utan att ens säga adjö."

"Jag skulle inte våga." Alex lyckades le. "Jag återvänder till mina rum, om du inte har något emot det, och sätter Simons på packningen. Jag ansluter mig till er före middagen."

"Självklart. Meddela Allsopp om det är något du behöver."

"Tack", sa Alex.

Thomas nickade och gick mot dörren innan han stannade som om han slagits av en plötslig tanke. "Faktiskt – eftersom du är på väg till London, undrar jag om jag skulle kunna be om din hjälp med något?"

"Vad jag än kan göra för dig behöver du bara be om det", svarade Alex uppriktigt.

"Tekniskt sett är det inte för mig. Marianne – lady Creighton – har några smycken hon vill sälja, köpta till henne av hennes bortgångne make. Jag erbjöd mig att hjälpa henne att avyttra dem till ett rimligt pris, men jag skulle inte veta var jag skulle börja, förutom att ta tillbaka dem till juvelerarna där de köptes. Tror du att du skulle kunna hjälpa till?"

"Min mor skulle säkerligen kunna det, även om jag inte kunde", sa Alex snett. "Hon har alltid varit förtjust i juveler."

Thomas skrattade, tog en nyckel ur fickan och låste upp ett skåp innan han tog fram en rejäl trälåda och placerade den på skrivbordet. "De har alla proveniens, vilket är anledningen till att Marianne har dem i sin ägo. Creighton noterade att de var specifikt hennes, snarare än egendom som tillhörde Creightons dödsbo. Trots det var min agent tvungen att praktiskt taget slita dem från den nye earlen. Snåljåp till typ."

Alex bläddrade igenom kvittobunken som Thomas gav honom och nickade. "Jag förstår. Och Mari... lady Creighton vill inte behålla några av dem?"

"Jag misstänker att hon inte står ut med att se dem. Dessutom behöver hon pengarna; Creighton lämnade henne ingen änkepension alls och den nye earlen skulle uppenbarligen föredra att hålla henne i beroendeställning. Han vill ha henne som oavlönad sällskapsdam till sin fru och sina döttrar."

Alex gjorde en avsmakad min när han hörde om denna ytterligare förolämpning mot Mariannes värdighet. "Självklart hjälper jag till med allt jag kan. Vill du att jag bara ska göra förfrågningar, eller att jag ska acceptera försäljning om jag tror att jag har uppnått det bästa priset för ett smycke?"

"Använd ditt eget omdöme. Marianne har knappt ett öre och accepterar inte pengar från mig eller Ellen – ja, vi har båda försökt. Vet du, hennes syskonbarn lade ihop vad de hade och gav det till henne så att hon kunde köpa en biljett med diligensen för att komma hit? Hon *gick* den sista biten av vägen." Thomas var uppenbart rasande för Mariannes räkning, och Alexander kände sin egen ilska stiga igen. ”Jag kommer aldrig att förstå varför folk inte behandlar sin familj anständigt, särskilt när de har mer än tillräckligt med rikedomar att dela med sig av! Min föregångare var lika illa; han vägrade till och med att erkänna Ellen som sin avlägsna kusin och kastade ut henne utan någonstans att ta vägen när hennes föräldrar gick bort!”

”Lugn.” Alex lade en hand lätt på Thomas arm. ”Du och Ellen gör Guds verk, tro på det. Marianne har tur som har så stöttande vänner.”

”Jag noterar att du också kallar henne Marianne”, sa Thomas med en slug blick från sidan. ”Ändå har du bara känt henne i några dagar.”

”Jag kände henne mycket bättre för många år sedan. Ville faktiskt gifta mig med henne. Hennes far hade andra idéer.”

”Och nu då?”

”Jag ber om ursäkt?” Alex blinkade.

”Vad hindrar dig nu? Hon är en respektabel änka, och du letar efter en hustru.”

”Hon letar inte efter en make, det är vad. Sluta leka äktenskapsmäklare, Thomas. Du är usel på det.”

Thomas skrattade. ”Det var värt ett försök. Jag tror faktiskt att ni två skulle passa bra ihop. Hon låter sig inte skrämmas av dig, och du... tja, du behöver inte en rik hustru.”

"Jag medger att jag har hört sämre skäl för att para ihop två personer. Utan tvekan kommer min mors val att vara sämre, mycket sämre, så tack för att du åtminstone överväger hur ett par skulle kunna gynna oss båda." Alex log för att visa Thomas att han inte var förolämpad. "Ändå tror jag att Marianne skulle värdera min vänskap mycket högre än det andra, så var snäll och uppmuntra inte till några spekulationer." Han tog upp trälådan och stoppade nyckeln Thomas erbjöd i sin västficka och lovade: "Jag ska uppnå de bästa priser jag kan för hennes juveler. En sann vän skulle inte göra mindre."

KAPITEL FEMTON

London, mitten av januari

Marianne kunde knappt hålla tillbaka skrattet när Diana och Clarissa gjorde en ansats att kasta sig över henne, innan de i sista stund kom ihåg att de nu var unga damer och förväntades uppträda med anständighet. De snubblade nästan över sig själva och tog tag i varandra för att hålla balansen. Flickorna stannade vacklande, rätade på sig och neg graciöst, även om effekten snarare förstördes av det som föregått nigningarna.

Lavinia, som satt vid brasan i Creightons salong, himlade med ögonen. "Flickor!" sa hon avmätt. "Behärska er, jag ber er! Det här är inte landet! Tänk om Mariannes väninna Lady Havers hade följt med henne?"

"Det gjorde hon", sa Ellen med ett leende och klev in i rummet bakom Marianne. "Ursäkta er betjänt för att han inte presenterade oss, Lady Creighton. Jag är rädd att han var upptagen med en angelägenhet som gällde en av era yngre döttrar. Något om en herrelös hund?"

Lavinias mun smalnade, men hon reste sig upp. ”Det är ett nöje att äntligen få träffa er, Lady Havers. Får jag presentera mina döttrar, Lady Diana och Lady Clarissa.”

”Jag är förtjust över att få träffa er alla”, sa Ellen med ett av sina avväpnande vänliga leenden. ”Men jag ber er, låt oss inte vara formella med varandra. Marianne har berättat så mycket om er att det känns som om jag redan känner er allihop. Ni måste kalla mig Ellen, och då kallar jag er Lavinia.”

”Jag ... nja ... givetvis.” Lavinia såg snarare ut som om hon hade föredragit något annat, men grevskapet Havers var ett mycket gammalt och förmöget sådant, även om den nuvarande titelinnehavaren var en amerikansk uppkomling och Ellen bara dotter till en landsortspräst. Ellen Havers var också vida känd för att stå på mycket god fot med minst två av beskyddarinnorna på Almack’s, vilket gjorde henne till någon Lavinia inte vågade stöta sig med.

”Underbart! Låt oss slå oss ner och ha en förtrolig pratstund och lära känna varandra.”

Marianne såg roat på när Ellen slog sig ner på stolen precis bredvid Lavinia. Den tidigare blyga prästdottern hade blivit en ganska imponerande dam det senaste året, säker på sin ställning och sitt inflytande.

”Vill du ringa efter te, Clarissa?” bad Marianne, då Lavinia verkade en aning vilsen. Clarissa skyndade sig att dra i klocksträngen, och sedan var de båda flickorna noga med att dra med sig Marianne till en soffa på behörigt avstånd från där Ellen höll deras mors uppmärksamhet fången.

”Hur länge har ni varit i London?” frågade Marianne. ”Vi anlände först igår, och Ellen skickade genast iväg en av sina lakejer för att ta reda på om portklappen var uppsatt på er dörr. Jag blev så glad när jag hörde att den var det.”

”En vecka imorgon”, rapporterade Diana. ”Och vi har redan besökt ett museum och ett bibliotek och tillbringat två hela dagar på Bond Street för att prova ut nya klänningar.”

Clarissa gjorde en min åt det sistnämnda. ”Jag har aldrig haft så tråkigt i hela mitt liv, eller blivit stucken så många gånger med nålar.”

”Därför att du inte kunde sitta still”, flinade Diana. Clarissa kisade med ögonen.

Marianne log och lade en hand på vardera flickas handled för att distrahera dem. *De är fortfarande så väldigt unga*, tänkte hon, och syskonrivaliteten blossade ofta upp mellan dem, trots att de också var bästa vänner. De hade ingen aning om hur lyckligt lottade de var. Vad hon inte skulle ha gett för att ha en syster hon kunde anförtro sig åt!

”Nåväl, vi är här för att fråga om ni vill göra oss sällskap till teatern imorgon kväll. Ellen insisterade på att vi skulle komma personligen för att framföra inbjudan, och jag gick med på det med glädje. Jag hoppas verkligen att er mor tackar ja.”

Båda flickorna glömde genast sitt gräl och log förtjust, och de öste ur sig entusiastiska utrop om hur älskvärd Lady Havers var som inkluderade dem i sin inbjudan.

”Säg att vi får följa med, mamma!” ropade Clarissa.

Lavinia snörpte på munnen. ”Du har inte debuterat än, Clarissa”, sa hon strängt.

”Men kära nån, det här är operan, inte en bal”, sa Ellen lugnt. ”Det är helt invändningsfritt för en flicka i Clarissas ålder som ännu inte har debuterat att närvara vid *vissa* sociala tillställningar, förstår ni. Jag anser att det är utmärkt övning inför hennes egen säsong. Privata middagsbjudningar, offentliga evenemang som operan eller utställningar, till och med picknickar när vädret blir bättre. Givetvis kan hon inte uppvaktas än, men jag tycker att det är väldigt orättvist att yngre systrar ska vara helt och hållet utestängda från allt det roliga. Hur gamla är era yngre barn, nu igen?”

”Vår son Charles är femton, Lucinda fjorton och Penelope tolv”, sa Lavinia en aning onådigt. ”Jag hoppas inte ni föreslår att vi ska ta med *dem* till operan!”

”Givetvis inte!” Ellen såg chockad ut. ”Kvällsevenemang är helt otänkbara. Likväl ämnar jag anordna en picknick och några luncher senare i år, och jag hoppas verkligen att ni tar med dem då.”

”Jag var med på många evenemang från tioårsåldern, när vi bodde i London”, inflikade Marianne. ”Med min guvernant närvarande, förstås. Har ni hittat någon lämplig än, Lavinia?” Det kunde inte skada att understryka att hon inte skulle stå till Lavinias förfogande. Hon skulle inte bli förvånad om Lavinia försökte pracka på henne de yngre flickorna vid tillställningar, och även om hon inte hade något emot att vara förkläde åt Clarissa och Diana vid enstaka tillfällen, hade hon ingen avsikt att sitta vid barnbordet.

"Arthur och jag intervjuade kandidater den här veckan", sa Lavinia trumpet. "Vi erbjöd en lämplig kandidat posten, och hon börjar på måndag."

"Utmärkt", sa Marianne med en nick och höll kvar Lavinias blick tills den andra kvinnan rodnade och tittade bort.

"Tänker ni stanna hos paret Havers då, faster Marianne?" mumlade Clarissa när Ellen ställde en ny fråga till Lavinia och därmed bröt den pinsamma tystnaden.

"Tills vidare, åtminstone. Trots att jag saknar er flickor är jag rädd att det inte var någon bekväm situation för mig att bo i era föräldrars hushåll."

Diana klämde hennes hand medkännande. "Vi förstår mycket väl", sa hon med mjuk röst. "Mamma och pappa har förändrats sedan pappa ärvde grevskapet. Vi får inte längre umgås med våra vänner, flickor vi gick i skolan med, eftersom de inte är tillräckligt högt uppsatta. Alla andra är nu mindervärdiga, bara på grund av bördens slump."

Marianne skakade på huvudet med en otålig suck. "Dumheter", muttrade hon. "Om er mor behandlar alla utan titel som mindervärdiga kommer hon snabbt att skaffa sig fiender bland några av de mäktigaste personerna i London."

”Hon är fast besluten att Diana måste gifta sig med åtminstone en greve”, sa Clarissa. ”Hon har gjort listor över alla ogifta adelsmän i London.”

”Vissa av dem är äldre än pappa!” Dianas förskräckta min var inte spelad.

Marianne grep sin brorsdotters hand, skakad i sitt innersta vid tanken på att historien skulle upprepa sig. ”Jag tänker inte låta dig tvingas in i ett äktenskap med någon man du inte själv valt. Ingen av er”, förklarade hon passionerat. ”Det svär jag på.”

”Så underbart det här är!” viskade Diana och grep tag i Mariannes arm när de intog sina platser på främre raden i paret Havers loge. Lavinia satt på Dianas andra sida och försökte dölja sin egen förundran när hon såg ut över den starkt upplysta teatern och den glittrande skaran som intog sina platser. Clarissa satt längst ut, med händerna prydligt hopknäppta i knät, men hennes ögon lyste av intresse när hon tog in allt omkring sig.

Ellen hade insisterat på att Marianne och hennes brorsdöttrar skulle ta den främre raden, medan hon själv satt bakom med Thomas och Arthur. Endast Marianne insåg att det inte var någon uppoffring för Ellen att sitta bredvid Thomas och hålla hans hand under föreställningen, snarare än att sitta på den främre raden under den intresserade publikens fulla granskning.

Marianne hade redan sett ett flertal vänner, varav många vinkade och log. Lite för många män — hon tvekade att kalla dem gentlemän — bland hennes bekanta betraktade hennes blå klänning med en blå och silverfärgad cape och log inbjudande mot henne. Med en suck stålsatte hon sig mentalt för de förslag hon utan tvekan skulle behöva slösa alldeles för mycket av sin tid på att avvisa, vänligt och på andra sätt. Att bo hos paret Havers skulle åtminstone ge henne skydd mot de mest påstridiga, som kunde tänkas envisas om hon hade haft sitt eget hushåll.

”Känner ni den där gentlemannen, faster Marianne?” frågade Diana då.

”Peka inte, kära du.” Marianne fångade Dianas hand på väg upp och tryckte ner den i hennes knä igen. ”Peka bara med ögonen, och beskriv honom.”

”Logen mittemot”, sa Diana och rodnade över att nästan ha begått ett klumpigt misstag. ”Den långe, stilige gentlemannen med ett ärr, i en blå rock i en loge rakt över teatern. Det är en äldre dam med honom som bär en vinröd klänning; hon har en massa fjädrar i håret.”

”Åh!” Marianne log när hon såg Alexander, som stod i sin loge och tittade rakt på henne. ”Det där är Alexander Rotherhithe, markis av Glenkellie, och även om jag inte känner henne måste det vara hans mor med honom, änkemarkisinnan.”

”En *markis*?” Diana såg ut som om hon skulle kunna svimma.

Lavinia lutade sig genast över henne. "Och finns det någon nuvarande markisinna av Glenkellie, faster?"

"Nej", sa Marianne, och ärligheten tvingade henne att medge: "Jag tror dock att han är ute efter en hustru. Han har helt nyligen ärvt titeln; han tillbringade ganska många år i armén och på kontinenten."

"En krigshjälte, också?" Lavinia såg förtjust ut. "Ni måste presentera oss i pausen, faster!"

Marianne räddades från att behöva svara av att Ellen lutade sig fram och sa: "Jag måste göra anspråk först, Lavinia. Jag vill presentera dig för Sarah Child Villiers, Lady Jersey. Jag skymtar henne här ikväll och vi måste be henne om biljetter till Almack's."

"Åh, ja, det är oändligt mycket viktigare", sa Marianne, lättad över att Ellen hade trätt in för att avleda Lavinias uppmärksamhet. "Ni kan träffa Glenkellie en annan gång, men ni kommer bara att få en enda chans att göra ett gott första intryck på Lady Jersey."

Tack och lov fick det Lavinia att sjunka ihop i nervös tystnad när ridån gick upp och föreställningen började.

I pausen skyndade Ellen iväg med Lavinia för att träffa Lady Jersey, bad Thomas och Arthur att hämta förfriskningar och Marianne att stanna kvar i logen med Diana och Clarissa — en begäran Marianne mer än gärna efterkom.

Marianne vinkade åt Clarissa att flytta en plats närmare så att de kunde höra varandra över sorlet från publiken, och frågade flickorna hur de tyckte om pjäsen och lyssnade överseende på deras ivriga pladder.

När dörren öppnades bakom henne sneglade hon dit, i tron att Thomas och Arthur var på väg tillbaka. Den långe gestalten som steg in i logen, i sällskap med damen i den vinröda klänningen med den stora mängden fjädrar i håret, var emellertid Alexander.

KAPITEL SEXTON

ATT FÅ SYN PÅ Marianne på teatern var rena turen. Thomas hade skickat ett meddelande för att låta Alex veta att sällskapet Havers hade anlänt till London, men han hade varit fullt upptagen med affärer och åtaganden med sin mor – som var fullkomligt fast besluten att se honom gift innan hon avreste till Italien i april. Han vågade knappt låta henne gå ut ensam, ifall hon skulle lova bort honom till någon enfaldig snärta.

Mariannes smycken hade varit anmärkningsvärt lätta att avyttra. Garrard's hade med glädje bistått och berättat för honom att den förre earlen av Creighton alltid hade velat ha deras mest ovanliga och samlarvärda föremål till sin hustru, av vilka många nu hade ökat i värde. De föreslog en agent som snabbt fann köpare till nästan alla föremål, och i vissa fall uppnådde ett pris som avsevärt översteg det ursprungliga inköpspriset. Alex hade anlitat mr Coutts för att öppna ett bankkonto i Mariannes namn, satt in alla pengarna på det och var ivrig att få ge henne de goda nyheterna.

Därför insisterade han i pausen på att hans mor skulle följa med honom till familjen Havers loge. Nyfiken på möjligheten att få träffa den amerikanske earlen som hon hade hört höll på att vända upp och ner på parlamentet med sina radikala idéer, gick hon med på det.

Trots att han såg Thomas i korridoren nickade Alex och gick rakt förbi honom. Det hade just slagit honom att hans mor, hur omöjlig hon än kunde vara, faktiskt kunde vara hans bästa allierade för att övertyga Marianne om att äktenskapet skulle kunna passa henne. Särskilt om Alexander var brudgummen. Om de senaste två veckorna av att bli uppvisad för varje giftasvuxen ung kvinna i London hade gjort något, så var det att övertyga honom om att Marianne fortfarande var den enda kvinnan som möjligen skulle kunna göra honom lycklig. Om han kunde göra henne lycklig återstod att se, men han var villig att ägna resten av sitt liv åt att försöka.

Mariannes förvånade min när hon reste sig och neg fick Alex att omedelbart börja tvivla på om han borde ha väntat med att presentera sin mor för henne. "Lady Creighton." Han bugade sig formellt. "Mor, får jag presentera Marianne, lady Creighton, för dig? Lady Creighton, det här är min mor, lady Helena, änkemarkisinnan av Glenkellie."

"Lady Glenkellie." Marianne neg djupare och mer respektfullt.

"Är ni änkan eller den nya?" frågade lady Helena Glenkellie rakt på sak.

Det ryckte lätt i Mariannes läppar, och Alex visste att hon hade kvävt ett skratt. "Jag är änkan, ers nåd. Min systerdotter grevinnan har just gått ut med lady Havers för att träffa lady Jersey, tror jag."

”Ah, Sarah.” Alex mor flinade. ”Behöver ni inträdesbiljetter? För dessa två flickor, eller för er själv?”

”Lady Jersey är redan en vän till mig, ers nåd. Tillåt mig att få presentera lady Diana Creighton och lady Clarissa Creighton”, sa Marianne, och de två flickorna sjönk ner i djupa nigningar med beundrande miner. ”Jag kallar dem mina systerdöttrar. Det är enklare än att förklara vårt komplicerade släktskap. Diana, Clarissa, det här är lord Glenkellie och lady Helena Glenkellie.”

”Är ni båda ute i societeten?” Alex mor granskade de två flickorna med kritisk blick. Alex hade kunnat ge henne svaret utifrån deras klädsel. Medan Diana bar en vacker vit klänning med en svag silverrand i, perfekt för en debutant, var Clarissas mörkblå klänning med små vita prickar mycket enklare och mer anspråkslös.

”Lady Diana gör sin debut denna säsong”, svarade Marianne. ”Clarissa är bara sjutton och väntar till nästa år, även om hennes föräldrar tillåter henne att närvara vid vissa sociala tillställningar för att skaffa sig erfarenhet.”

”Mycket klokt. Sannerligen.” Lady Glenkellie kastade en sista blick på Clarissa innan hon uppenbart avfärdade henne och vände sin fulla uppmärksamhet mot Diana. Hon tycktes gilla vad hon såg, för hon sneglade på Alex och log. ”Närvarar ni vid Balford-balen på fredag, lady Diana?”

”Jag tror inte att vi har blivit bjudna, ers nåd”, sa Diana med låg röst och såg nervöst på Marianne.

”Jag ska se till att ni får en inbjudan. Hertiginnan av Balford är en särskilt god vän till mig.” Lady Glenkellie nickade befallande.

”Det är mycket generöst av er, ers nåd.” Marianne neg igen, och Diana och Clarissa följde hennes exempel.

Änkemarkisinnan såg tillbaka på Marianne och blinkade, nästan som om hon hade glömt hennes närvaro. ”Ja. Gott. Jag förmodar att vi kommer att ses där, eller hur, Alexander?”

”Jag ser innerligt fram emot det”, sa Alex med ett leende mot Marianne.

”Du borde bjuda upp lady Diana nu. Annars kommer hon utan tvekan att vara omringad av ivriga unga beundrare innan du får en chans.”

Alex gapade förvånat på sin mor. *Hon har missförstått alltihop*, tänkte han. ”Ah ... ja”, sa han, överrumplad av den oväntade manövern. ”Lady Diana, får jag be om en dans med er på Balford-balen?”

”Den *första* dansen”, pressade hans mor på.

Diana såg på Marianne med uppspärrade ögon. Marianne nickade uppmuntrande.

”Det skulle vara mig en ära, lord Glenkellie”, sa flickan blygt och rodnade djuprött.

”Utmärkt. Jag antar att vi inte kommer att ha nöjet av ert sällskap, lady Clarissa?”

"Jag beklagar att ni har rätt." Clarissa log mot honom, tydligen lite mindre blyg än sin äldre syster. "Baler är helt uteslutna för min del i år, är jag rädd."

"Det är societens förlust." Alexander bugade sitt huvud för henne. "I så fall, lady Marianne, får jag då anhålla om äran av er hand för den *andra* dansen?"

Marianne såg fullständigt överraskad ut. Diana och Clarissa såg mycket förtjusta ut, och hans mor – hans mor vände sig mot honom med munnen vidöppen av chock.

"Alexander, vad *gör* du?" krävde hon.

"Jag ber en förtjusande dam, som jag betraktar som en god vän, att reservera en dans för mig på en bal vi båda ska närvara vid", sa Alex och försökte låta lugn och samlad, som om att dansa med Marianne inte var en av de mest åtråvärda saker han kunde föreställa sig.

"Tja", sa Marianne osäkert. "Jag hade inte tänkt dansa ..."

"Men faster Marianne, du säger ju hela tiden hur mycket du saknar att dansa!" sa Clarissa, och Alex gav henne en tacksam blick. Slynan gav honom en konspiratorisk blinkning och han kvävde ett gapskratt. Hon, åtminstone, visste precis vad han höll på med.

"Jag saknar verkligen att dansa." Marianne bet sig lätt i underläppen innan hon gav en beslutsam nick. "Jag är min egen kvinna nuförtiden, oberoende av någon annans goda opinion om mig. Mycket väl, lord Glenkellie, det skulle glädja mig mycket att ge er den andra dansen på Balford-balen."

Alex kunde inte hålla tillbaka sitt triumferande leende. Med en kyss på Mariannes hand följde han sin mor från familjen Havers loge och tillbaka till andra sidan av teatern, medveten om att förhöret skulle komma så snart de var utom hörhåll för nyfikna öron. Änkemarkisinnan av Glenkellie missade ingenting.

"Vad tänker du på!" väste hans mor så snart de åter satt i sin egen loge. "Att slösa din tid på att bjuda upp den där kvinnan!"

"Varför är det slöseri med min tid?" Han höjde ögonbrynen mot henne.

"För att du behöver någon som kan ge dig en arvinge, och under åtta års äktenskap blev hon inte gravid en enda gång." Lady Helena snörpte på munnen och skakade på huvudet.

"Mor, Creighton hade tre fruar och *ingen* av dem blev någonsin gravid. Tyder inte det på att felet kanske inte låg hos fruarna?" Alexander hade tagit sig tid att undersöka den avlidne earlen när han kommit tillbaka till London och blivit förskräckt över vad han funnit. Båda grevinnorna av Creighton före Marianne hade inte levt till sina trettio, deras död oförklarlig.

Förslaget fick hans mor att stanna upp. "Bäst att inte riskera det, i vilket fall", sa hon. "Du borde välja en flicka från en familj av bevisade barnaföderskor. En av de där yngre Creighton-flickorna duger bra, om du vill alliera dig med familjen. Det finns en hel skock av dem, har jag för mig, även om de flesta är flickor."

"De är *barn*, mor."

"Du är knappt tio år äldre än lady Diana!" Ändå rynkade hon pannan när han bara såg tillbaka på henne. "Du är alltså helt inställd på henne?"

"Om hon vill ha mig."

"Hon är en dåre om hon inte vill." Änkemarkisinnan fnös storartat och såg tillbaka över teatern till där Marianne satt och pratade med sina systerdöttrar, nu återförenade med Thomas och Arthur. "Hon är mycket vacker, antar jag", sa hon, "men hur väl känner du henne egentligen?"

Alex log. "Minns du mina brev hem, från Portugal och Spanien?"

"Det gör jag sannerligen, hur sällsynta de än var." Hans mor knackade honom på knäet med sin solfjäder. "Jag försökte ständigt övertyga dig om att lämna armén och komma hem där det var säkert, men dina brev var fulla av hur du gjorde skillnad där borta."

"Och?" pressade han. "Minns du något annat jag sa?"

"Åh, det var något nonsens om att du inte kunde stå ut med att komma tillbaka till England eftersom flickan du var kär i hade dumpat dig och gift sig med någon rik gammal earl ..." markisinnan tystnade och hennes ögon vidgades. "*Nej*. Du menar väl inte *henne*?"

"Den ärbara miss Marianne Abingdon", sa Alex vemodigt. "Vi var båda unga och naiva, och även om hon lovade att vänta på mig, var hennes fars spelskulder sådana att en värdefull tillgång som en dotter, hyllad som den vackraste flickan i London, inte skulle slösas bort på en sådan som jag, fjärde i arvsföljden med inget annat än en officersfullmakt i mitt namn.”

”Åh, Alex.” Lady Helenas ögon var mjuka när hon lade sin hand över hans. ”Hon dumpade dig inte, eller hur?”

”Nej, men tills nyligen trodde jag att hon hade gjort det. Istället visar det sig att hon i princip såldes till en man tre gånger hennes ålder och tillbringade år i ett desperat olyckligt, till och med kränkande, äktenskap.”

”Stackars flicka, så fullständigt förfärligt!” Hans mor lät ganska upprörd å Mariannes vägnar. ”Jag var en av de stora skönheterna på min tid också, och min far var rasande över att jag ’kastade bort mig’ på en yngre son, men han skulle aldrig ha tvingat mig att gifta mig med någon jag inte ville ha!”

Lady Helena var dotter till en hertig, och hennes hemgift hade varit mer än betydande. Även om hans far var den yngre sonen, hade Alexander alltid vetat att det skulle finnas ett ansenligt arv i hans framtid. Han hade också alltid vetat att hans föräldrar älskade varandra. Han misstänkte faktiskt att hans mor hade blivit svårare sedan hans fars död, främst för att hon saknade sin man så mycket. Lord Patrick Rotherhithe hade alltid skämt bort sin fru med hennes minsta nyck.

”Jag älskar henne”, erkände Alex, medveten om att hans mor nu var stadigt på hans sida. ”Jag har alltid älskat henne, och jag vill inte ha någon annan till min hustru. Olyckligtvis har hon efter sitt förfärliga äktenskap bestämt sig för att hon föredrar att inte gifta om sig.”

"Då måste vi helt enkelt övertyga henne om motsatsen, eller hur, älskling?" Lady Helena klappade hans hand och log. "Lämna det bara till mig."

"Jag skulle verkligen föredra att inte göra det." Han ryggade tillbaka vid tanken på det kaos hans mor kunde åstadkomma med sina intriger.

Hon skrattade, oberörd av hans brist på förtroende för henne. "Unga män gillar att sköta sitt eget uppvaktande, antar jag. Nåväl, jag ska ägna min tid åt att fylla hennes öron med berättelser om hur underbart mitt äktenskap var, och hur lik din far du är."

"Det skulle vara till stor hjälp, mor", sa Alex uppriktigt.

"Det är du, vet du." Hans mor sträckte sig upp och rörde vid hans kind försiktigt. "Mycket lik honom. Han skulle vara väldigt stolt – och det skulle din farfar också vara, om han verkligen hade fått chansen att lära känna dig. Håll inte Duncans döende ord emot honom. Du måste komma ihåg att han sörjde båda sina söner. Han slukade varje tidningsnotis om de slag du utkämpade, och varje gång du nämndes i depescher eller tilldelades en medalj, utbringade han en skål till din ära vid middagen."

"Gjorde han?" Alex blinkade, förvånad. "Det visste jag inte."

"Du fick aldrig någon större chans att lära känna honom, när du var borta på skolan, sedan universitetet, sedan armén. Jag önskar att du hade känt honom bättre." Hans mor såg tillbaka över teatern mot Marianne. "Jag tror att han skulle ha gillat henne, vet du. Han skulle ha sagt något om att hon ser ut som en riktig skotska, med det där röda håret."

Alex tog sin mors hand. "Då ska vi se till att övertala henne att gifta in sig i en bra skotsk familj, eller hur?"

KAPITEL SJUTTON

MARIANNE FANN DET HELT omöjligt att koncentrera sig på resten av pjäsen. Hon var alltför medveten om Alexander och hans mor bara en liten bit bort, med huvudena tätt ihop i ett intensivt samtal och blicken stadigt fäst på logen där hon satt hela tiden. Änkemarkisinnan hade uppenbarligen varit mycket angelägen om att Alexander skulle lära känna Diana, och det skulle sannerligen vara ett gott parti för hennes brorsdotter.

Inte nog med det, Marianne visste av egen erfarenhet precis vilken hederlig man Alexander var. Han skulle säkerligen ta väl hand om Diana, se till att hon inte saknade något. Diana, med sin ljuva natur, kunde inte annat än att älska honom, och skulle säkerligen bli älskad i gengäld.

Så varför fick själva tanken Marianne att må illa?

Hon kunde förstås inte hindra Diana och Clarissa från att upphetsat berätta för sin mor om mötet med en markis och hans mor, och att de blivit bjudna på en hertiginnas bal. Eller Clarissa från att pika sin syster för att hon blivit uppbjuden till första dansen.

Lavinia kunde knappt bärga sin entusiasm, och Marianne lovordades till skyarna för att ha möjliggjort introduktionen till sådana upphöjda personligheter. "Att dansa med en markis på en hertiginnas bal!", upprepade hon, som om hon inte riktigt kunde tro det. "Min lilla flicka!"

"Lord Glenkellie bjöd upp faster Marianne till den andra", sa Diana oskyldigt.

"Åh, det var bara av artighet", sa Marianne snabbt då Lavinia rynkade pannan. "Vi är ju gamla vänner. Han kunde knappast *låta bli* att bjuda upp mig. Och du hade helt rätt, jag saknar verkligen att dansa. Det är inte många herrar som bjuder upp en gammal änka som jag, så jag tänker njuta av tillfällena när de ges." Hennes ton var en aning trotsig när hon mötte Lavinias blick, och den äldre kvinnan nickade efter ett ögonblick och ryckte på axlarna.

"Så länge du inte distraherar Dianas friare är allt väl." Det var Arthur som viskade illvilligt i hennes öra.

Mariannes käke spändes, men hon låtsades att han inte hade talat och stirrade stint mot scenen, även om hon i sanning uppfattade föga av resten av pjäsen.

Följande morgon, när Ellen och Marianne åt frukost tillsammans, anförtrodde Ellen att lady Jersey inte hade varit beredd att erbjuda inträdesbiljetter utan att först ha träffat Diana. Därför hade Ellen lovat att hämta Lavinia och Diana i sin vagn och ta dem för att besöka lady Jersey på te den eftermiddagen.

"Lady Jersey insisterade förstås på att jag skulle ta med dig också", sa hon.

"Jag skulle hellre hålla Clarissa sällskap", sa Marianne snabbt. "Vi kanske kan ta en promenad i parken."

"Undviker du lady Jersey?" Ellens blick var obehagligt skarp. "Det är förstås helt i sin ordning om du gör det. Jag hjälper dig gärna – även om jag skulle vilja veta varför."

Med en känsla av lättnad över att hon inte behövde vilseleda Ellen sa Marianne: "Jag tror att hon kommer att försöka övertala mig att gifta om mig. Hon inbillar sig att hon är en äktenskapsmäklerska; se bara på hur många unga män hon försökte kasta i din väg, och hon hade knappt några chanser innan Thomas snappade upp dig!"

"Sant", medgav Ellen. Hon gav Marianne en ny genomträngande blick. "Och du är helt säker på att du aldrig kommer att gifta om dig?"

"Jag skulle aldrig mer kunna önska att vara under en mans kontroll", sa Marianne uppriktigt. "Jag kommer att kämpa mot Arthur för att behålla den självständighet jag har, och om Gud vill, med goda vänner som dig och Thomas och familjen Pembroke, ska jag lyckas leva tillräckligt gott för att passa mig."

"Du kommer alltid att ha en plats hos oss, om du så önskar", lovade Ellen. "Som en uppskattad familjemedlem, inte bara en gäst."

Tårar av sinnesrörelse stockade sig i Mariannes hals, och hon sträckte sig ut för att röra vid Ellens hand, med ett uttryck fullt av tacksamhet.

Klapprandet av hovar och hjul precis utanför bröt ögonblicket, och de tittade båda mot fönstret för att se en vagn som stannat vid ytterdörren.

"Det där är Glenkellies vapensköld på dörren", noterade Ellen. "Jag tror kanske att du har en besökare, Marianne."

"Det är lite väl tidigt för morgonvisiter." Marianne skakade på huvudet och återfick sin fattning. "Jag är säker på att han bara är här för att han har några affärer att sköta med Thomas."

Steg i korridoren och ljudet av arbetsrumsdörren som öppnades och stängdes tycktes bekräfta hennes antagande, och de två damerna återvände till sitt rostade bröd och te.

Bara några ögonblick senare kom dock Thomas in i rummet. "Jag ber så mycket om ursäkt", sa han, "men Glenkellie är här för att diskutera några affärsangelägenheter med Marianne."

"Med mig?" Marianne såg oförstående ut. "Vilka affärer skulle han kunna ha att diskutera med mig?"

Men Ellen reste sig redan och sa att hon hade hundra saker att göra och att hon skulle lämna dem i fred.

Marianne hade inget annat val än att ställa ner sin tekopp och följa Thomas till hans arbetsrum, ett mindre rum än det på Havers Hall men inte mindre bekvämt inrett.

Alex väntade där och log när han såg henne komma in i rummet. "Lady Marianne." Han bugade sig när Thomas eskorterade henne till en stol och sedan tog båda männen också plats.

"Vad handlar allt det här om?" frågade hon förvirrat.

"Minns du att jag meddelade dig att jag hade gett Glenkellie i uppdrag att se vad som kunde göras med dina smycken?" frågade Thomas.

"Jaha." Hon hade försökt glömma allt om de hatade juvelerna. "Ja, det antar jag. Är de värda något?" frågade hon och vände sig mot Alexander.

"En hel del, visar det sig. Omkring fyra tusen pund, sammanlagt. Jag har satt in pengarna på ett konto i Coutts Bank i ditt namn. Om du vid något tillfälle kan avtala tid för att följa med mig dit, kan jag intyga för herr Coutts att pengarna är dina och då kommer du att kunna göra vad du vill med dem."

"Fyra *tusen* pund?" sa Marianne, helt paff.

"Verkligen, och det finns fortfarande några mindre smycken kvar, plus ett halsband som min mor önskar köpa som en gåva till sin syster, som hon har för avsikt att besöka i Italien i år."

Helt förstummad satt Marianne bara och blinkade mot honom, åtminstone tills Thomas sa: "Marianne, mår du alldeles bra? Du har blivit alldeles blek."

"Jag bara", hon vände sig till honom och skakade på huvudet. "Fyra tusen pund – det hade jag aldrig förväntat mig!"

"Du är en riktig arvtagerska", sa Thomas retsamt. "Alla lycksökare kommer att jaga dig när de får höra om det. För det är dina pengar, inte en änkas andel som du skulle förlora om du gifte om dig."

"Men vad ska jag göra med så mycket pengar?" Trots Creightons rikedom hade Marianne aldrig haft mer än några få shilling i sin egen handväska. Allt hon köpte skickades på räkning till hennes man.

"Vi står båda redo att ge dig råd, om du så önskar", sa Alex, och hon såg tillbaka på honom. "Eller så kan herr Coutts ge några rekommendationer, om du skulle vilja rådfråga en oberoende part. Även om pengarna placeras i fyraprocentsobligationerna skulle du få en inkomst på cirka hundrasextio pund per år, vilket skulle vara mer än tillräckligt för att hyra ett hus och hålla några tjänare, om du vill."

"Eller så kan du fortsätta att bo hos oss och spara pengarna för framtiden", sa Thomas med en rynkad panna mot Alexander. "Jag vet att Ellen vill att du stannar hos oss som en i familjen, och att du är en förmögen kvinna ändrar inte det."

"Jag måste tänka på saken", sa Marianne till sist.

"Vad du än bestämmer dig för att göra står jag redo att hjälpa till", sa Alexander. "Faktum är att om det passar, är jag tillgänglig för att skjutsa dig till banken nu på förmiddagen.”

”Jag tycker det är en bra idé”, uppmuntrade Thomas, och Marianne övertalades att gå och hämta en kappa och hatt och be Jean att följa med henne.

”För att undvika varje sken av opassande”, sa hon till sin kammarjungfru, ”även om det förstås inte skulle vara något; lord Glenkellie är en fulländad gentleman.”

”Ändå vill ni inte att folk skvallrar om att ni är ensam med en man”, sa Jean klokt och tog på sig sin egen kappa. ”Jag har absolut inget emot att åka en tur i en fin vagn, ers nåd. Jag har ju aldrig varit utanför Herefordshire förut. London är fullt av under att se.”

Med Jean sittande bredvid henne, försjunken i åsynen av det som passerade utanför vagnsfönstret, fann Marianne att hennes blick vilade på Alexander. Han såg ut som sinnebilden av en fin London-gentleman; även om han undvek de granna färger som de snobbiga bar, var hans kläder perfekt skräddarsydda för honom, och hon tvivlade inte på att glansen på hans stövlar var svårt förvärvad genom en undertjänares engagerade timmar av putsning.

”Tack för att ni hjälper mig i denna fråga, lord Glenkellie”, sa hon impulsivt.

”Ingen orsak.” Alexander log mot henne. ”Jag medger att jag blev förvånad över att juvelerna var av sådant värde, men glad för din skull.” Han tvekade ett ögonblick innan han tillade: ”Du betalade ett högt pris för dem.”

Hon hade inte tänkt på det så, men nu när hon gjorde det log hon snett. "Verkligen, jag var ganska dyr, var jag inte? Femhundra om året ... han kunde ha hållit sig med flera älskarinnor för det, om han hade önskat."

Alexander såg förfärad ut över hennes lättsinniga kommentar. "Gode Gud, säg aldrig så!" utbrast han. "Crei – *den där mannen* värderade dig alldeles för lågt!"

Tacksam för att han hade kommit ihåg att hon inte gillade att höra namnet Creighton, och rörd av hans upprördhet för hennes skull, gav Marianne honom en ångerfull axelryckning. "Jag erkänner att jag inte vet vad han betalade min far. Flera tusen åtminstone, måste jag anta. Jag förstår att hans spelskulder var ganska betydande."

"En god kvinna är en pärla bortom allt pris", sa Alexander, och sedan lutade han sig framåt och betraktade henne intensivt. "En god kvinnas *kärlek* kan inte köpas, varken för pengar eller juveler eller något sådant."

Jean drog en liten suck bredvid henne, och Marianne var tvungen att medge att det var en djupt romantisk känsla. Alexanders intensiva blå blick fick henne dock att känna sig lite obekväm, så hon mumlade bara: "Sannerligen, ni har rätt", innan hon vände bort huvudet och tittade ut på gatorna.

Herr Coutts var en ganska äldre herre, upptäckte Marianne, i sena sjuttioårsåldern, men så professionell och charmerande som Marianne kunde önska. Han lyssnade medan Alexander bekräftade hennes identitet och vände sedan sin fulla uppmärksamhet mot Marianne.

"Min bank står till ert förfogande, lady Creighton. Era medel är för närvarande placerade på ett konto som endast genererar minimal ränta; jag skulle inte rekommendera att ha mer än det belopp ni skulle behöva under, säg, en tolvmånadersperiod där åt gången."

"Jag har för närvarande inte bestämt mig för vilka, om några, investeringar jag önskar göra", medgav Marianne.

"När ni har det, ers nåd, står vi redo att hjälpa till. Önskar ni ta ut några medel för eget bruk vid detta tillfälle?"

"Det är upp till dig", sa Alexander när hon tvekade. "Du kanske vill ha en liten summa till hands för utgifter – några pund, kanske? Kom ihåg att det kommer mer när resten av försäljningen är avslutad, och du kan återkomma vilken dag som helst som banken är öppen för att göra ett ytterligare uttag om du vill."

"Tio pund", bestämde sig Marianne. "Det är en tillräcklig summa för alla små inköp, tror jag. Om jag vill göra ett större inköp än så, är det lika bra att fundera på det en dag eller två i alla fall."

"En mycket klok inställning, ers nåd", instämde herr Coutts. "Små sedlar vore bäst, tror jag? Några ögonblick, så ska jag låta en av mina kassörer slutföra transaktionen."

Inom några minuter stoppade Marianne ner en liten rulle pund- och tioshillingssedlar i sin handväska, tillsammans med en liten påse innehållande ett pund i mynt. Efter att ha tagit avsked av herr Coutts hämtade de Jean från förrummet där kammarjungfrun väntade och återvände till vagnen.

”Vill du återvända direkt till Cavendish Square, eller får jag skjutsa dig någon annanstans?” frågade Alexander.

Det tog Marianne några ögonblick att svara. Hon var fortfarande alltför van vid att få varje steg dikterat av andra, insåg hon; behovet av att be om lov för att gå någonstans eller göra något hade blivit djupt rotat.

”Jag skulle vilja åka någonstans, ja”, sa hon slutligen. ”Skulle du kanske ha tid att ta en promenad med mig?”

”Det skulle glädja mig”, svarade Alexander genast. ”Även om det är kallt idag är det ganska torrt. St. James's Park är inte långt härifrån, bara längs The Strand?”

Han frågade, inte befallde, vart de skulle åka, hans hand var utsträckt för att hjälpa henne upp i vagnen och hans kusk väntade på hennes instruktion.

En berusande känsla omslöt Marianne, en våg av lätthet, nästan som om hon svävade. ”Jag skulle älska att åka till St. James's Park. Skulle vi kanske kunna stanna till vid ett bageri för att köpa lite bröd? Jag har alltid tyckt om att mata änderna där.”

”Ni hörde lady Marianne”, sa Alexander till sin kusk när han hjälpte upp Jean efter hennes matmor, ”ett bageri och sedan parken. Hungriga änder väntar!”

KAPITEL ARTON

NÄR MARIANNE KOM TILLBAKA till familjen Havers residens med leriga skor och kinder rosiga av kylan kunde hon inte dölja det breda leendet på läpparna när hon följde med Jean uppför trappan för att byta om.

”Du ser nöjd ut med dig själv”, sa Ellen när de möttes på trappavsatsen. ”Trivdes du på din utflykt?”

”Jag matade änderna!” sa Marianne och skrattade när hon insåg att hon lät som ett ivrigt barn.

Ellens min var både förbryllad och road när hon lutade huvudet en aning och sa: ”Det låter ju roligt. Följer du med mig i eftermiddag?”

”Ja, varför inte. Lady Jersey kommer bara att dyka upp här för att träffa mig om jag inte gör det, och förmodligen ta med sig ett urval av potentiella friare. Om jag följer med kan jag åtminstone inskärpa hos henne behovet av att se till att Diana blir väl bortgift.” Marianne, som fortfarande var på gott humör, skakade av sig sina tidigare bekymmer. ”När vill du gå?”

”Räcker en halvtimme för att du ska hinna göra dig i ordning?”

”Absolut!”

Ellen log, uppenbart förtjust över Mariannes glada humör. ”Jag ska be kokerskan skicka upp en liten lunch till dig – lite soppa kanske?”

”Ursäkta mig, ers nåd, men jag har redan skickat ner order till köket.” Jean neg.

”Bra gjort, Jean. Det gläder mig att Marianne har någon som är så mån om hennes bekvämlighet”, berömde Ellen och Jean rodnade och sänkte blygt huvudet.

”Jean är underbar, och jag har alla avsikter att stjäla henne från din anställning”, sa Marianne. ”Nu när jag har kontroll över en del egna medel hoppas jag att hon vill acceptera positionen som min personliga kammarjungfru på permanent basis.”

Jeans ögon glänste av återhållna tårar när hon neg igen, denna gång djupare. ”Åh, ers nåd. Jag är så hedrad. Men vill ni inte ha en av de där fina franska kammarjungfrurna?”

”En fin engelsk flicka är mer än nog för mig”, sa Marianne till henne.

”Då ska du acceptera lady Mariannes erbjudande, med min välsignelse”, förklarade Ellen.

Jean var inte den typen som babblade tacksägelser om och om igen, vilket Marianne var tacksam för när de fortsatte till hennes rum. Brasan gjordes snart större, Mariannes leriga stövlar och fuktiga klänning togs av, nya kläder lades fram för henne att byta om till och en bricka anlände från köket med ett lätt mål mat för att stilla hennes hunger.

”Jag brukade ta sådan service för given, kanske på grund av hur motvilligt den erbjöds”, mumlade Marianne medan Jean tog en borste och började ordna hennes hår, ”men nu är jag nästan överväldigad av tacksamhet för lady Havers vänlighet och din goda omsorg om mig, Jean.”

”Lady Havers har inget annat än gott att säga om er, ers nåd”, sa Jean och stoppade in en förrymd lock, ”och vad mig anbelangar – tja, det är ett nöje att ta hand om er och alla era vackra saker. Ni har bara vänliga ord för alla. Tro mig, tjänstefolket lägger märke till vilka som inte är så ljuvliga i lynnet.”

”Det är jag säker på att ni gör.” Marianne tvekade, men tänkte sedan att hon lika gärna kunde fråga. ”Talade någon av tjänarna på Havers Hall särskilt mycket om lord Glenkellie? Jag vet att han bara var där några dagar innan han var tvungen att återvända till London, och han hade med sig sin egen betjänt, så de kanske inte hade så mycket att göra med honom.”

”Inte så mycket, ni har rätt, ers nåd, men alla som betjänade honom sa att han var mycket hygglig, särskilt för att vara en så högt uppsatt lord, ni vet. Och hans betjänt Simons var synnerligen hängiven. Sa att lord Glenkellie är den bästa herre han kunde önska sig, och alla som tjänar honom tycker likadant. Jag för min del anser att alla som lord och lady Havers väljer som vän måste vara en av de finaste personerna i England”, insisterade Jean. ”De valde ju er, eller hur?”

Marianne småskrattade. ”Tja, man skulle kunna säga att jag snarare trängde mig på dem, faktiskt, men jag tar emot din komplimang för vad den är, Jean. För även jag anser att lord och lady Havers är utmärkta människokännare."

Lady Jersey tog emot deras lilla sällskap i sin sagolikt överdekorerade indiska salong. Marianne, som hade varit där en gång tidigare, kvävde ett skratt när Ellen och damerna Creighton såg sig omkring med gapande munnar. När hon mötte Sarah Child Villiers blick var hon tvungen att titta bort för att samla sig.

Ellen samlade sig till slut för att presentera Lavinia, Diana och Clarissa för lady Jersey. Även om Clarissa tekniskt sett inte var bjuden hade Lavinia insisterat på att hon ändå skulle följa med och fick precis vad hon förtjänade för sin förmätenhet. Lady Jersey mönstrade Clarissa från topp till tå och sa: "Borde inte du vara i skolrummet, barn? Jag tror det finns några kattungar i stallet. Gå med Frost och titta på dem så ska kokerskan ge dig ett glas mjölk efteråt."

Clarissa skrattade helt uppenbart när hon gick i hälarna på den myndige butlern, och Dianas längtansfulla min avslöjade att hon mycket hellre skulle ha följt med sin syster än att sitta ner för att dricka te med en före detta och tre nuvarande grevinnor.

Marianne klandrade inte Diana. Även hon skulle hellre ha gått till stallet än att utstå ännu ett förhör av lady Jersey, men societetens domare var en mycket skarpsynt kvinna som hade sett förbi den reserverade fasad som Marianne tvingats visa upp för världen av sin make, hade varit vänlig mot henne och bjudit in henne i sin vänskapskrets. Det var en vänlighetsskuld som Marianne aldrig skulle kunna återgälda, så hon slog sig ner på en schäslong, klistrade på sig en uppmärksam min och tog emot en citronkaka.

”Så du är Diana.” Sarah granskade den darrande debutanten med en genomträngande blick. ”Vad var din hemgift nu igen, flicka?”

”Tio tusen pund”, sa Lavinia självbelåtet, ”och Clarissa kommer att ha lika mycket nästa år.”

Lady Jersey vände blicken mot Lavinia. Inte ett ord sades, men Lavinia sjönk tillbaka i sin fåtölj och pressade ihop läpparna.

”Vad tycker du om, Diana?” frågade lady Jersey, och Diana svalde och sneglade på sin mor. Lavinia nickade.

”Jag är skicklig på pianoforte och sjunger någorlunda bra”, sa Diana med låg röst. ”Jag tycker om handarbete och att teckna med blyerts. Jag talar franska och lite italienska ...”

”Samma som alla andra unga kvinnor av din rang den här säsongen, om inte lite mindre”, sa lady Jersey med en fnysning, och Diana såg ut som om hon skulle börja gråta. Sarahs ton mjuknade. ”Jag menar, vad *gillar* du? Vad tycker du om att göra, om du inte har någon annan att behaga än dig själv?”

”Åh”, sa Diana, uppenbart förvånad. ”Tja ... jag tycker verkligen om att teckna. Särskilt djur. Jag tecknade fars hundar, Apollo och Ares, och far tyckte så mycket om den att han lät rama in den och hängde upp den på väggen i sitt arbetsrum.”

Lady Jersey nickade uppmuntrande. ”Djur är bra. Många unga män är mycket förtjusta i sina hundar och hästar. Om du till exempel kan teckna var och en av hans hästar tillräckligt bra för att visa dess utmärkande drag, kommer han med största sannolikhet att förklara sig förälskad i dig på stående fot.”

Diana skrattade till innan hon kom ihåg sig själv och förvandlade det till ett damlikt fnitter bakom handen. Sarah blinkade mot Marianne, som drog en suck av lättnad. Diana hade lyckats göra sig omtyckt av Sarah, och den inflytelserika grevinnan skulle se till att hon inte bara träffade lämpliga unga män, utan sådana som hon kunde tycka om och respektera.

”Tja, jag tror att du kommer att klara dig mycket bra, min kära”, sa lady Jersey och gav sitt godkännande. ”Jag hoppas att du tar till dig mitt råd, vilket är att alltid låta unga män veta vad du verkligen tänker. Flickor som låtsas hänga på en idiots läppar upptäcker ofta att de blir gifta med idioten i fråga.”

Ellen skrattade åt det; Lavinia stirrade storögt och indignerat, men var fortfarande för skrämd för att tala.

”Jag måste hålla med”, sa Marianne och drog Dianas blick till sig. ”En man som inte respekterar dina åsikter och dina önskningar är inte en man du skulle vilja lära känna närmare. Vänta inte tills du redan är bunden med att låta honom veta vem du verkligen är.”

"Jag ska försöka att alltid ha det i åtanke", sa Diana. "Tack för ert råd, lady Jersey. Faster Marianne."

"På tal om råd", sa lady Jersey, "jag har förstått att ni har tillbringat mycket lite tid i London, lady Creighton?"

Lavinia rodnade och såg lite arg ut över att bli utpekad på det sättet, men hon svarade. "Ja, ers nåd, det stämmer. Mina föräldrar tyckte inte om att resa särskilt mycket från Durham, där vårt hem var och där jag träffade min make."

"Ni borde lyssna noga på er faster." Sarah pekade på Marianne. "Hon har med framgång navigerat de farliga vattnen i Londons societet under flera år nu. Låt henne vägleda era döttrar så kommer de att klara sig mycket bra."

Lavinia harklade sig. "Men – men – Marianne är inte gift!"

"Ni har en utmärkt poäng." Det fanns en välbekant, illmarig glimt i Sarahs ögon. "Har du några lämpliga kandidater i åtanke, Marianne?"

"Jag tror ers nåd är fullt medveten om att jag inte önskar gifta om mig." Marianne förblev sval och samlad, med händerna knäppta i knät.

"Ni kan inte låta en dålig erfarenhet avskräcka er för livet. Det är lite som att rida en häst; ramlar man av måste man hoppa upp i sadeln igen!"

"Icke desto mindre", sa Marianne jämnt.

"Nåväl, vi får se. Jag ska inte pressa er, inte i år, men jag tycker det vore synd om ni stängde er helt för möjligheten." Sarahs röst var ganska mild. "Ni har en stor förmåga att älska, min kära. Jag skulle inte vilja se er gå till spillo som en ensam änka för evigt.”

Marianne sänkte blicken, och tårarna brände bakom ögonlocken. ”Tack för er omtanke, ers nåd, men jag ber er att inte bekymra er för mig. Jag är mycket nöjd som jag är och önskar bara ägna mig åt att se mina kära systerdöttrar väl gifta.”

Det blev en lång tystnad, och Marianne höjde till slut blicken för att titta på Sarah och såg att den andra kvinnan studerade henne med en lätt rynka i pannan. Marianne försökte sig på ett litet leende och bad att hennes väninna skulle acceptera hennes beslut.

”Mycket väl”, sa lady Jersey till slut. ”Lady Creighton, det gläder mig att meddela att er ansökan om medlemskap på Almack’s har godkänts för i år.” Hon lutade sig fram, sköt upp en låda i det lilla sidobordet framför sig och tog fram en bunt rektangulära kort. ”Tre kuponger, för er själv, greven och lady Diana.” Hon räknade upp tre av biljetterna och räckte dem till Lavinia, som översvallande tackade henne.

”Ja, ja.” Med en irriterad handviftning avbröt Sarah Lavinia. ”Och här är dina, Ellen.” Hon räckte över tre till.

”Tre?” frågade Marianne.

”En är din, förstås.” Ellen tryckte den i hennes hand.

”Åh... men jag ansökte inte.” Hon hade inte haft de tio guineerna för medlemskapet, eller hade inte haft det förrän den morgonen. Hon skulle behöva besöka Coutts igen för att betala tillbaka till Ellen.

"Jag ansökte för din räkning. Jag skulle omöjligen klara mig utan ditt sällskap under min första hela säsong där jag försöker passa in i societeten, Marianne. Dessutom kommer jag att vara helt beroende av dig för att hålla Thomas amerikanismer i schack, så att han inte förolämpar någon oavsiktligt!"

Marianne log ömt mot sin väninna. "Jag är inte säker på att lord Havers är kapabel att förolämpa någon; han är alldeles för trevlig!"

"Om man inte nämner slavhandeln", anmärkte Sarah. "Jag trodde nästan att han och Portland skulle ryka ihop när ämnet kom upp på Fultons middagsbjudning! Portland var övertygad om att han skulle vara emot emancipationen", tillade hon till Marianne, som nästan satte i halsen. Hon hade hört Thomas rasa över slavhandelns omänsklighet vid mer än ett tillfälle.

"Åh, snälla nämn inte det igen", bönföll Ellen. "Jag hade snarare hoppats att alla hade glömt det."

"Tvärtom. Castlereagh har ofta talat om det med stor beundran. Jag tror att han ganska mycket hoppas att lord Havers kommer att tala lika vältaligt om ämnet i överhuset i år."

"Tvivla inte på det." Ellen tog emot lady Jerseys godkännande.

Sarah nickade innan hon sträckte sig efter en klocksträng bredvid sin stol. "Jag ska be Frost hämta er andra dotter, lady Creighton. Ursäkta mig, är ni snälla; jag är bortbjuden på en soaré hos paret Drummond-Burrell i kväll."

"Tack så mycket för er tid, lady Jersey." Lavinia förstod vinken, reste sig och neg; Diana följde snabbt efter. Ellen och Marianne tog avsked lite mer makligt, övertygade om att lady Jerseys gunst inte skulle dras tillbaka om de gjorde minsta felsteg.

Clarissa mötte dem i entrén, tog sin systers arm och viskade till henne. Diana såg fortfarande blek och nervös ut, men lyckades besvara Clarissas frågor med ett litet leende. Marianne var övertygad om att Diana skulle klara sig bra, även om det kunde ta lite tid för henne att hitta sitt självförtroende i Londons folkvimmel. Åtminstone hade hon gott om folk som såg efter henne, till skillnad från Marianne själv. Det hade inte funnits någon alls som talat för Marianne när hennes far hade tvingat in henne i ett hastigt äktenskap, ingen hon hade kunnat vända sig till för hjälp.

Vad hade någon kunnat göra, egentligen? funderade Marianne när hon satt mittemot Ellen i familjen Havers vagn på väg hem. Hon hade varit arton och lagligen under sin fars kontroll. Om Arthur bestämde sig för att gifta bort Diana med någon av sina kumpaner, var det lite någon kunde göra åt det lagligt. Utanför lagen – tja, Marianne var helt säker på att hon kunde smuggla sig själv och Diana ombord på ett skepp med kurs mot Amerika, om det skulle bli nödvändigt. Med sin nyvunna förmögenhet öppnade sig möjligheter som aldrig tidigare varit tillgängliga för henne.

”Du ser väldigt fundersam ut; vad tänker du på?” frågade Ellen från andra sidan vagnen.

Marianne svarade utan att tänka. ”Att rymma till Amerika.”

”Herregud, inte på riktigt?” Ellen såg chockad ut.

”Inte på riktigt.” Marianne gav henne ett lugnande leende. ”Inte för min egen del, i alla fall, men om Diana skulle hamna i en ohållbar situation på grund av Arthurs eller Lavinias intriger, skulle jag inte tveka att ta henne utom deras räckhåll.”

”Det gör du rätt i”, sa Ellen. ”Jag var själv i en ohållbar situation efter att mina föräldrar dött och innan Thomas tog emot mig som en del av familjen Havers. Att veta att det finns en möjlig utväg skulle vara en stor tröst för vilken ung kvinna som helst, tror jag. Jag hoppas att du kommer att försäkra Diana, och Clarissa förstås, att de kan vända sig till Thomas och mig likväl som till dig om de behöver råd eller hjälp med något.”

”Det ska jag, och tack”, sa Marianne. ”Det är inte det att jag tror att Arthur skulle göra något så fruktansvärt som vad min far gjorde mot mig, förstås, men ... tja, Lavinia är mycket socialt ambitiös. Jag skulle inte bli förvånad om hon arrangerade en lämplig komprometterande situation. Jag tänker ta mina förklädesplikter på största allvar och närvara vid varje tillställning de är bjudna till.”

”Jag kommer att vara vid din sida”, lovade Ellen. ”Det blir ju bra övning, trots allt, för om jag får egna döttrar en dag!” Hennes hand gled ner till hennes mage.

Mariannes ögon vidgades. "Väntar du barn?" flämtade hon, glad för sin väninnas skull.

"Kanske." Ellen lutade sig nära och sänkte rösten, trots att de var helt ensamma. "Jag mår fruktansvärt illa på morgnarna. Susan har börjat ge mig te och torra kex medan jag fortfarande ligger i sängen, för att lindra illamåendet. Jag har bokat tid för doktorn att komma imorgon bitti, medan Thomas är ute. Vill du vara med mig?"

"Du har inte berättat för honom än?"

"Jag vill vänta tills jag är helt säker." Ellen tittade ner på sina händer. "Jag förstår fullständigt om du inte vill. Det måste vara ett svårt ämne för dig."

Det var i sådana här stunder hon med kraft påmindes om att även om Ellen agerade med anmärkningsvärd mognad, var grevinnan av Havers fortfarande bara nyss fyllda tjugoett.

"Jag ville inte, inte för ett ögonblick, sätta ett barn till världen i mitt äktenskap", konstaterade Marianne med viss kraft. Ellen stirrade på henne med stora ögon, och hon medgav: "Vilket inte betyder att jag aldrig ville ha ett eget barn."

Ellen verkade inte veta vad hon skulle säga, och Marianne var tacksam för att vagnen stannade precis då utanför residenset. Det var flera år sedan hon hade drömt om ett eget barn, men att tänka på det nu väckte känslor hon trodde varit döda sedan länge. Oväntat kände hon en längtan efter ett barn, en liten pojke kanske med sin fars mörka hår och blå ögon.

När hon insåg att hon föreställde sig sin son som Alexanders, sprang hon uppför trappan som om hon var jagad av vargar och lämnade en förvånad Ellen efter sig, i hopp om att hon inte hade upprört sin väninna alltför mycket.

KAPITEL NITTON

Herrklubben Brooks'

NI KAN ALDRIG ANA vem jag såg på Almack's igår kväll", förkunnade en hög röst bakom Alexander, vilket fick honom att sucka och rynka pannan åt sin tidning. Han hade börjat tillbringa eftermiddagarna på sin klubb för att undkomma den oändliga strömmen av gäster som besökte hans mor, de flesta av dem i sällskap med giftasvuxna döttrar, systrar, systerdöttrar eller vänner som de hoppades kunna kasta i famnen på honom. Han hade njutit av lugnet tills läsrummet invaderades av ett par dårar som verkade fast beslutna att älta hela sitt år hittills.

Nu hade en tredje, ännu högljuddare än de två första, anslutit sig till dem. Alexander var på väg att tysta dem när den nykomne uttalade ett namn som fick honom att stelna till.

"Lady Creighton."

"Vadå, den nya? Jag träffade henne förra veckan, hon har en dotter hon försöker gifta bort. En grå liten mus."

”Hon har tio tusen, så grå är hon inte. Det är förmodligen därför patronessorna gav dem inträdesbiljetter.”

”Inte den nya eller hennes dotter, även om de båda var där också. Jag talar om den förra, vars förnamn tydligen är Marianne. Marianne, lady Creighton.” Den nykomne suckade det så drömskt att Alexander inte kunde låta bli att sänka sin tidning för att se vilken dum ung man som trånade efter Marianne.

Hans ögon vidgades av chock när han såg att varken den nykomne eller de två han hade anslutit sig till var unga; de var alla män i trettioårsåldern, män som Alexander hyste åtminstone en viss respekt för. Den som just sjönk ner i en fåtölj var lord Ferry, andre sonen till en hertig och en förmögen man i sin egen rätt. Gift också, om inte Alexander mindes fel, men han var säker på att han hade träffat lady Ferry vid något evenemang under det senaste året.

”Hon är vackrare än någonsin”, fortsatte lord Ferry. ”Och utan den gamla stöten Creighton i närheten ler hon och dansar. Jag fick äntligen den där dansen med henne som jag har tiggt om i åratal.”

Viscount Snowfield skrattade, inte ovänligt. ”Det är lite sent att göra framstötar nu, eller hur? Du har fru och två ungar där hemma.”

”Det är där du har fel, min vän. Damen har sagt till alla som vill lyssna att hon inte har för avsikt att gifta om sig.” Ferrys leende var slugt. ”Och du vet vad *det* betyder. Hon planerar att bli en glad änka.”

Sir Edward Mullins, den tredje i det lilla sällskapet, rätade på sig och blev plötsligt uppmärksam. "Säger du att hon skulle acceptera ett oanständigt förslag?"

"Jag tror att damen känner sitt värde och skulle vara mycket dyr, men ja. Jag planerar att erbjuda henne *carte blanche*." Ferry såg självbelåten ut. "Jag tror jag vet vägen till hennes hjärta. Hennes juveler stannade alla kvar i Creightons kistor; hon bar bara ett mycket enkelt litet kors, medan den nya grevinnan bar ett spektakulärt halsband med diamanter och rubiner. Jag ska köpa henne ett diamantarmband eller två och installera henne i ett trevligt hus varhelst hon önskar. Få kan mäta sig med mina resurser."

"Och de flesta av dem som kan är lika gamla som hennes förste make; jag tvivlar inte på att hon föredrar någon som inte har ena foten i graven!" Snowfield skrattade igen, även om Mullins såg lite missnöjd ut. "Nåväl, jag önskar dig lycka till i din jakt, min vän. Kommer din hustru att invända?"

"Nej, Honoria vet sin plats. Dessutom väntar hon barn igen. Jag skickade tillbaka henne för att bo hos mina föräldrar."

Ferrys leende var så självbelåtet att Alexander övervägde att resa sig bara för att slå bort det från hans ansikte. Hur *vågade* den jäveln prata om Marianne på det sättet? Hur vågade han ens *tänka* tanken?

Att starta ett slagsmål mitt på Brooks' skulle dock inte hjälpa situationen. Alex övervägde kort att utmana lord Ferry för att försvara Mariannes heder, men det skulle bara ge mer bränsle åt skvallret. Hela London skulle inom några timmar säga att Marianne redan var *Alex* älskarinna om han utmanade Ferry, vilket inte skulle gagna någon.

Så istället för att tappa humöret vek han ihop sin tidning och lade ner den på bordet innan han reste sig och gick, med en tyst nickning mot de tre männen när han passerade.

Det var inte långt att gå till Cavendish Square, där paret Havers hade sitt stadshus. Alexander gick raskt fram, med ilskan sjudande strax under ytan. *Jag borde ha förutsett att något sådant här skulle hända*, förebrådde han sig själv. Han kunde inte skylla på Marianne; hon försökte bara skydda sig själv, men genom att göra det hade hon oavsiktligt öppnat sig för en mycket mer skändlig typ av uppvaktning från gentlemän med mindre ädla avsikter än äktenskap i sinnet.

”God eftermiddag, lord Glenkellie”, hälsade butlern honom vid dörren. ”Lord Havers är tyvärr inte hemma i eftermiddag.”

”Jag hoppades faktiskt få träffa lady Havers och lady Marianne.”

”Åh, de har just återvänt från att ha handlat på Bond Street, ers nåd. Jag ska se om lady Havers kan ta emot er, om ni behagar vänta?”

Alexander tryckte sin hatt i den tillmötesgående mannens händer. ”Tack, det gör jag. Skulle ni kunna framföra att ärendet är brådskande?”

Ellen anslöt sig till honom i salongen några minuter senare. "Glenkellie, vad är så brådskande?" frågade hon rakt på sak.

Alex sneglade mot dörren och undrade om han skulle vänta på Marianne, men det var kanske bättre att hon inte hörde vad han hade att säga.

"Jag vill att du är mycket vaksam med att hålla lady Marianne vid din sida", sa han med låg röst.

"Varför?" frågade Ellen på sitt vanliga raka sätt. "Jag är helt villig att göra som du ber, men om det är något särskilt jag bör se upp för skulle jag föredra att veta det. Förvarnad är förberedd."

"Just så, lady Havers." Alex försökte tänka ut hur han bäst skulle formulera sanningen utan att vara stötande och sa försiktigt: "Det har kommit till min kännedom att lady Mariannes offentliga tillkännagivande att hon inte ämnar gifta om sig kan ha gett fel intryck i vissa kretsar."

Ellen såg helt oförstående ut.

Han suckade och försökte igen. "Jag råkade höra lite skvaller på min klubb om möjligheten att lady Marianne skulle acceptera ett mindre respektabelt erbjudande."

Denna gång förstod Ellen. Vrede lyste i hennes blick och hon stammade ett ögonblick innan hon sa: "Gode Gud, vissa män är verkligen bara ... bara ..."

"Hästarslen?" föreslog Alex.

"Exakt!"

”Vem är ett hästarsle?” frågade Marianne när hon kom in i rummet.

Alex och Ellen tittade på varandra.

”Om det finns någon specifik du kan namnge, vet jag att jag skulle vilja veta så att jag kan undvika dem”, sa Ellen.

”Mycket väl.” Alex grimaserade men vände sig till Marianne. ”Du känner lord Ferry, förstår jag?”

”Ja, sedan några år tillbaka.” Mariannes ögonbryn drogs samman i en rynka. ”Vad är det med honom?”

”Jag är rädd att din förklaring att du inte tänker gifta om dig har gett lord Ferry fel intryck. Hans avsikter gentemot dig är mindre än hederliga.”

En mörk rodnad steg upp på Mariannes kinder. ”Och det vet du, hur?” frågade hon efter en stunds tystnad.

”Han skvallrade om sina avsikter på Brooks'. Jag råkade höra det”, sa Alex ursäktande.

”*Fan* ta männen!” Orden exploderade från Marianne, hennes knytnävar knöts i ilska när hon vände sig om för att gå fram till fönstret och blänga ut.

”Om ni ursäktar mig ett ögonblick”, sa Ellen, ”vill jag meddela personalen att lord Ferry aldrig under några omständigheter får släppas in i detta hus.” Hon lämnade rummet, och hennes klackar klapprade mot det polerade trägolvet.

I tystnaden undrade Alexander om han också borde gå, men Marianne var uppenbart upprörd. Han ville inte pressa henne, så han flyttade sig till fönstret bredvid där hon stod och satte sig på den kuddprydda fönsterplatsen, med tanken att han bara skulle hålla henne tyst sällskap tills Ellen kom tillbaka. Han blev mycket förvånad när hon vände sig från sin betraktelse av gatan utanför och satte sig bredvid honom.

”Har du någonsin upptäckt några nackdelar med att vara välsignad med ett fördelaktigt utseende?” frågade Marianne oväntat.

Överraskad skakade Alex på huvudet. ”Nej, men det är förstört nu.” Omedvetet rörde han vid ärret på sin kind. Han hade redan sett avsmak från många damer när deras blickar dröjde kvar vid det.

”Struntprat, det får dig bara att se mer distingerad ut”, sa Marianne med en fnysning. ”Jag undrar om det skulle fungera för mig dock? Någon sorts vanställning – kanske jag skulle kunna klippa av mig allt hår.”

”Du skulle fortfarande vara den vackraste kvinnan jag känner, även om du gjorde det”, svarade Alex och försökte koncentrera sig på hennes ord snarare än de varma känslorna som hennes komplimang väckte.

Marianne betraktade honom med vaksam min. ”Du tänker inte säga åt mig att jag inte får?”

”Varför skulle jag det? Det är ditt hår. Jag skulle sakna din krona”, sa han djärvt och sträckte ut handen för att röra vid en lock som hängde längs hennes hals, ”men jag har ingen rätt att säga åt dig vad du ska göra. Det är ju själva poängen med att du inte vill gifta dig igen, eller hur?"

"Visserligen, men det finns gott om män som ändå skulle försöka tala om för mig vad jag får och inte får göra, utan någon som helst anledning att hävda auktoritet över mig."

Alex gav henne ett sympatiskt leende. "Kanske du borde använda det som en taktik för att sålla bort dem du inte vill umgås med. Säg att du överväger att klippa av dig håret, och alla som försöker säga åt dig att inte göra det är inte riktigt värdiga din vänskap."

"Jag är rädd att jag bara skulle ha dig och Havers kvar som vänner." Mariannes svar kom med ett snett leende.

"En tragisk men ärlig bedömning av mitt kön", instämde Alex sorgset.

De satt tysta ett ögonblick innan Marianne ställde honom en annan oväntad fråga. "Om – *när* du tar dig en hustru, Glenkellie, skulle du förbjuda henne att klippa av sig håret?"

"Absolut inte", sa han genast och tänkte sedan om. "Jag kanske skulle försöka *övertala* henne att låta bli, men om hon var helt inställd på det skulle jag be henne att låta en kammarjungfru göra det, så att hon inte skadar sig med saxen när hon försöker klippa baktill på huvudet där hon inte kan se."

Hennes uttryck var längtansfullt. "Det är ett ännu bättre svar än ditt första. Din hustru kommer att vara en lycklig kvinna."

”Jag hoppas att hon kommer att tycka det”, var det enda svar han kunde komma på, förutom att falla på knä och be henne att gifta sig med honom. Det var verkligen inte det bästa ögonblicket för ett frieri.

Men gode Gud, om han ändå kunde!

KAPITEL TJUGO

Hertiginnan av Balfords bal

MARIANNE VAR FORTFARANDE ARG när hon anlände till Balfords bal. Fast besluten att hålla huvudet högt inför det illvilliga skvallret hade hon varit extra noggrann med sitt utseende och valt en av sina vackraste klänningar, en sidenkreation som skiftade mellan blått och grönt beroende på ljuset. Den var enkel i sitt snitt och förlitade sig helt på tygets kvalitet och bärarens skönhet för att komma till sin rätt. Hon visste att hon hade uppnått den önskade effekten när Lavinia såg på henne och suckade uppgivet.

"Ingen kommer att ägna Diana en blick när du är här", sa hon dystert.

"Lavinia." Marianne skakade på huvudet. "Du vill väl inte ha en man till Diana vars huvud jag kan förvrida. En sådan man skulle inte passa henne alls, och du vill väl att hon ska vara lycklig, eller hur?"

Uppenbart övertygad av argumentet nickade Lavinia instämmande. "Jag förmodar att du har rätt", medgav hon.

"Och titta, här kommer markisen av Glenkellie för att bjuda upp dig till första dansen", sa Marianne till Diana, som såg väldigt söt ut i en vit klänning med ett silvernät över, med små silverstjärnor som gnistrade i hennes mörkbruna hår. "Alla kommer att fråga vem den förtjusande unga damen är som han knappt kunde bärga sig att få dansa med, tro mig."

Diana log blygt mot henne. "Jag vet att han mycket hellre skulle dansa med dig", viskade hon när Lavinia vände sig bort ett ögonblick för att tala med en bekant.

"Sanningen att säga så finns det faktiskt ingen annan jag skulle vilja dansa med", erkände Marianne. Ända sedan Alexander hade avslöjat skvallret för henne och Ellen igår hade hon tänkt på det; om lord Ferry, en gift man, såg på henne med spekulation i blicken, vem kunde hon då lita på? Från och med nu skulle hon betrakta varje danspartner med försiktighet.

Alexander anlände före dem och bugade sig för var och en av dem och hälsade mycket artigt.

"Jag hoppas att ni inte har gett bort min dans, lady Diana?" sa han med ett varmt glitter i ögonen. "Musikerna stämmer sina instrument nu, och jag tror att vi inleder med en kadrilj."

"Kadriljen är min absoluta favorit", sa Diana blygt och lade sin hand på hans erbjudna arm. "Jag är mycket tacksam för den ära du visar mig, lord Glenkellie. Tack för att du bjuder upp mig."

"Det är jag som är hedrad, lady Diana." Hans ögonvrår rynkades. "Det vill säga, så länge du inte trampar mig på tårna!"

Diana fnittrade när Alexander ledde bort henne, och Lavinia skakade på huvudet. "Han är inte det minsta intresserad av henne, tror jag, men han verkar väldigt trevlig."

"Den absolut trevligaste man jag känner", sa Marianne en aning längtansfullt.

"Lavinia, vem är den där långe mannen som dansar med Diana?" Arthur skyndade fram till dem, ganska andfådd. Han bemödade sig inte med att hälsa på Marianne.

"Markisen av Glenkellie, min käre. Du minns väl att Marianne presenterade oss för honom och änkemarkisinnan på teatern förra veckan, och han bad om en dans med Diana."

"En markis", sa Arthur och blåste upp sig. "Nå, det är en riktig kupp! Glenkellie är väldigt rik, har jag hört."

"Gör dig inga förhoppningar." Lavinia skakade på huvudet. "Han bad bara om det som en tjänst åt Marianne, tror jag."

"Varför skulle han vara skyldig *dig* några tjänster?"

Arthur ser nästan ut som en karp, tänkte Marianne, med utstående ögon och öppen mun när han vände sig mot henne.

"Lord Glenkellie är inte skyldig mig någonting", sa hon, "men vi är gamla vänner."

”Jaså!” Arthur höjde på ögonbrynen och lutade sig sedan fram. ”Du må ha gjort min farbror till hanrej”, sa han elakt, ”men du är fortfarande en Creighton, och jag tänker inte låta dig dra namnet i smutsen. Det cirkulerar redan rykten om dig!”

”Arthur!” Lavinia lät genuint chockad. Hon grep tag i sin makes arm och gav Marianne en ursäktande blick. ”Jag ber att ni ursäktar oss.”

Marianne var mer än glad att få vända på klacken och skynda därifrån. *Hur kunde någon någonsin tro att hon hade varit otrogen mot sin man?* Han hade aldrig tolererat att hon ens *pratade* med en annan man om han inte var närvarande, han hade straffat *henne* om herrar försökte närma sig och påstått att hon måste ha lockat dem med sitt leende, sitt sätt. Hon skulle inte ha den blekaste aning om *hur* man uppmuntrade en friare!

Bländad av tårar av ilska och smärta trängde sig Marianne genom folkmassan, lyckades till slut fly från balsalen och skyndade till ett vilorum.

Alexander bevittnade Mariannes flykt och såg hur lady Havers skyndade efter henne. Fången mitt på dansgolvet kunde han bara bita sig i läppen och se på, och hoppas att Ellen kunde hjälpa till med vad det än var som uppenbarligen hade upprört Marianne.

”Är du förälskad i min faster?”

Den raka frågan från lady Diana när dansens mönster förde dem samman igen fick honom att missa ett steg.

”Vad behagar?” stammade han.

”För jag tror att hon är förälskad i dig.” Dianas bruna ögon var klara och troskyldiga när hon såg upp på honom.

”Hon påstår att hon inte vill gifta sig.”

”Hon menar att hon inte vill gifta sig med någon som skulle behandla henne lika fruktansvärt som min fars far-bror gjorde. Skulle du behandla henne illa?”

”Jag skulle behandla henne som en drottning”, sa Alexan-der innerligt.

Diana log. ”Jag tänkte väl det. Dina ögon avslöjar dig när du ser henne, vet du.”

”Och jag som trodde att du var blyg”, förundrades han.

”Det är jag, ganska.” Hon rodnade vackert. ”Men ibland krävs det direkta åtgärder, och jag kan vara modig om jag måste. Clarissa och jag pratade och hon sa att jag absolut måste prata med dig. Särskilt eftersom mamma tror, öh.. .”, sa hon och tystnade.

”Tror att jag borde gifta mig med dig?” frågade Alexander.

”Ja, precis. Jag skulle dock aldrig vilja ha en make som är förälskad i någon annan, så jag skulle se det som en mycket stor ynnest om du *inte* ägnar mig alltför mycket uppmärksamhet.”

”Noterat”, sa han allvarligt. ”Och tack.”

”För vadå?”

”För att du hjälpte mig att fatta ett beslut jag har grubblat på en tid: exakt vad jag ska säga till lady Marianne. Du har rätt i att jag är förälskad i henne, och att gifta mig med någon annan skulle inte vara rättvist mot någon av de inblandade.”

Diana är faktiskt ganska vacker när hon ler så där, tänkte Alexander när dansen tog slut och alla applåderade musikerna. Han erbjöd sin arm, ledde Diana tillbaka till hennes mor och tackade henne för dansen. Unga män flockades redan runt omkring dem och knuffades för att bli presenterade, och han stannade upp för att säga till Diana, tillräckligt tyst för att ingen annan skulle höra: ”Skulle du någonsin behöva någon hjälp, ber jag dig att inte tveka att vända dig till mig.”

”Tack, lord Glenkellie.” Hon neg djupt. ”Jag är säker på att din partner för nästa dans väntar ivrigt på dig.”

Han hoppades det. Med en sista bugning i grevinnans riktning vände han sig om och gick mot balsalens dörrar i hopp om att Marianne kanske hade återvänt till rummet. Han kunde inte se varken henne eller Ellen Havers någonstans.

Lady Jersey stod nära dörren, och han stannade för att visa sin vördnad och fråga om hon hade sett Marianne. ”Hon lovade mig den andra dansen”, sa han och försökte få rösten att låta nonchalant. ”Jag har väntat i nästan ett decennium på att få dansa med henne, vet ni.”

"Det vet jag faktiskt. Det är inte bara en dans du har väntat på heller, eller hur?" Lady Jerseys blick var obehagligt skarp. "Slösa inte bort mer tid, Glenkellie."

"Jag försöker, ers nåd."

"Hon är skygg, och med all rätt, men jag tror att hon litar på er. Gör henne inte besviken."

"Det ska jag inte."

Bakom lady Jersey såg Alex Marianne komma in i balsalen igen med lady Havers vid sin sida. Hennes kinder var lite blossande, men hon höll hakan trotsigt höjd och hennes ögon blixtrade av eld.

Alex närmade sig snabbt och bugade djupt. "Lady Marianne", sa han. "Den andra dansen ska just börja, om ni fortfarande vill bevilja mig den äran?"

Hon tvekade och sa sedan: "Skulle det gå bra om vi dansade den tredje istället för den här? Jag skulle vilja ha lite frisk luft."

De franska dörrarna som ledde ut till terrassen stod vidöppna för att släppa in sval luft i rummet, så Alex ledde henne i den riktningen. Ute var han noga med att leda henne till balustraden, väl synlig för alla i balsalen, så att ingen skulle kunna påstå att några opassande saker ägde rum.

"Jag såg att du lämnade rummet i all hast för en liten stund sedan. Sade din brorson något som upprörde dig?" frågade Alex och försökte vara taktfull. Han ville kräva svar – kanske slå till Arthur några gånger för att han gett henne det där uttrycket i ansiktet – men han hade ingen rätt att kräva någonting av Marianne.

”Han verkar lyckas med det regelbundet”, sa Marianne och hennes mun förvreds som om hon smakat något illa. ”Jag ber dig, bekymra dig inte.”

”Men jag bekymrar mig”, sa Alex och lät lite av den intensiva känsla han kände flöda över i hans ord. ”Jag blir väldigt bekymrad för dig, Marianne. Om skvallret har nått din brorson skulle han kunna göra ditt liv mycket obekvämt.”

Hennes ansikte stelnade till en aning, men hon mötte hans blick stadigt. ”Jag hoppas att mina vänner vet vem jag verkligen är... Alexander.”

”Jag vet vem du är. Du är inte bara den vackraste kvinna jag känner, du är också den modigaste person jag någonsin har träffat, man *eller* kvinna.”

Överraskad av hans beskrivning av henne blinkade Marianne. ”Jag är inte modig.”

”Hur kan du säga så? Du överlevde ett helvete till äktenskap i åtta år och lät aldrig någon annan veta dina sanna känslor. Du bär ärr i själen lika djupa som någon soldats, och ändå bekymrar du dig mer för andras lycka än för din egen. Ditt mod både imponerar på mig och gör mig ödmjuk.”

De stod en anständig fot ifrån varandra och stirrade på varandra, men ändå kändes det för Marianne nästan som om han slöt henne i en varm, tröstande omfamning. Det rådde inget tvivel om Alexanders uppriktighet... eller djupet av hans aktning för henne.

"Jag står inte ut med att se dig förolämpad och förnedrad", sa han till slut, när hon inte kunde finna ord att svara. "Jag kan inte. Jag vet att du inte önskar gifta dig, och jag skulle aldrig pressa dig, även om mitt hjärtas önskan är... nåväl, jag sa att jag inte skulle, och jag ska inte." Hans käke spändes som om han kämpade med sig själv, och hon såg hur hans knytnävar öppnades och slöts vid hans sidor. "Istället vill jag erbjuda dig något annat, utan några förväntningar. Min mor planerar att resa till Italien för att besöka sin syster i år; hon kommer att stanna i åtminstone ett år. Hon har fattat tycke för er och har bett mig fråga om du skulle vilja följa med henne."

Mariannes mun föll upp. "Vill din mor att jag ska åka till Italien med henne?" sa hon till slut, misstroget.

"Ja, verkligen. Min faster bor i Florens; hon är en *contessa* och mycket respekterad. Du kanske skulle vilja stanna hos henne där, om du så önskar."

"För här kommer det alltid att finnas skvaller och antydningar", sa Marianne tyst. "Du erbjuder mig en *flyktväg*."

Hennes hand vilade på stenbalustraden vid terrassens kant, och han sträckte ut sin hand för att lägga den över hennes. "Jag skulle erbjuda dig allt jag har, allt jag är, om du bara ville ta emot det", sa Alexander.

Hon kunde se den i hans ögon, hans kärlek lika intensiv och oföränderlig som den dag han hade tvingats lämna henne för att gå i krig. "Jag lovade att jag skulle vänta på dig, och jag kunde inte", viskade hon.

"Jag lovade att jag skulle komma tillbaka för dig, och jag svek dig. Jag kan aldrig gottgöra det du led, men snälla, Marianne. Låt mig få vara till hjälp, på detta eller något annat sätt du önskar."

Hans fingrar var varma mot hennes, och hon ville ha mer. Ville ha hans armar om sig, ville ha *tryggheten* i honom, den säkra och bestämda vetskapen att han bara ville göra henne lycklig.

"Fråga mig." Hon fick knappt fram orden, hennes röst var ett tunt kraxande, och hon var tvungen att upprepa sig innan Alexanders ögon vidgades i förståelse.

Långsamt lyfte han hennes hand och förde den till sina läppar, hans blick lämnade aldrig hennes.

"Lady Marianne", sa han, och hon älskade honom ännu mer för hans val att vara formell samtidigt som han undvek det hatade namnet Creighton, "skulle ni göra mig den mycket stora äran att ge mig er hand?"

Hon var tvungen att ta ett djupt andetag för att svara, men han hade kallat henne den modigaste person han kände, och hans tro på hennes mod gjorde det lättare att tro på sig själv.

"Bara om du lovar att vi kan åka till Italien på vår smekmånad. Jag har alltid velat se Florens."

KAPITEL TJUGOETT

ALEXANDER KUNDE KNAPPT TRO det han hörde när Marianne talade, hennes ord som fick alla hans drömmar att slå in. "Vad som helst", lovade han innerligt. "Vart du än önskar."

"Bara, kanske vi kan vänta till senare på året? Jag lovade ju att åka till Amelia Pembroke när hon ska föda sitt barn, och jag tror att Ellen Havers kan behöva mig i augusti av samma anledning." Marianne gav honom en vädjande blick, en blick han visste att han alltid skulle ha svårt att motstå.

"Vänta till augusti med att gifta oss?" Alexanders förtvivlan vid tanken på att vänta så länge måste ha varit ganska uppenbar, för Marianne småskrattade och klämde ömt hans fingrar mellan sina behandskade.

"Nej, nej. Bara med att åka till Italien. Jag skulle faktiskt vilja gifta mig så snart det kan ordnas. Jag tycker att vi har väntat länge nog."

"Alldeles för länge", instämde han och lyfte hennes hand för att kyssa den igen. En hög hosta i närheten påminde honom om deras situation och den påtagliga bristen på avskildhet, och han sänkte hennes hand med en grimas.

”Det här är en dålig tidpunkt och plats för det här samtalet, men jag hoppas att du tillåter mig att säga att du har gjort mig till den lyckligaste mannen i England.”

”Du kanske kan komma förbi i morgon så kan du berätta det för mig då”, retades Marianne.

”En åktur i Hyde Park?” föreslog Alexander, och hon böjde på huvudet för att acceptera.

”Så länge du kommer ihåg att ta med brödet.”

”Åh, jag ska inte glömma, det lovar jag. Jag kan inte minnas att jag någonsin har sett dig så lycklig som när du matade änderna häromdagen!” Hennes skratt hade varit en balsam för hans sårade själ; han hade skickat sin kusk för att hämta mer bröd så att de kunde stanna längre. Om Marianne ville handmata varje and i London dagligen, skulle han köpa ett bageri för att förse henne med ett oändligt förråd av bröd.

Marianne fnissade, hennes ögon glittrade av uppsluppenhet. ”Jag kan bara komma på ett annat tillfälle då jag *har* varit så lycklig, Alexander ... och det är precis i detta ögonblick.”

”Du har verkligen gjort mig till den lyckligaste mannen på jorden”, sa han med en klump i halsen. ”Jag kan bara sträva efter att på alla sätt jag kan tänka mig ge dig lika stor glädje tillbaka.”

De återvände till balsalen i tid för den tredje dansen. Alexander kände sig lättare än han hade gjort på många år när de rörde sig tillsammans genom dansens turer, och Mariannes glada uppsyn lyfte hans humör. När han fick syn på sin mor som stod vid kanten av dansgolvet gav han henne ett glädjestrålande leende. Det här var inte rätt plats att tillkännage deras förlovning, men i morgon skulle han skicka en notis till tidningarna och kanske skulle hans mor hålla en middagsbjudning inom den närmaste veckan.

Eftersom Marianne var änka fanns det ingen som Alex behövde be om hennes hand, även om han antog att han borde göra hennes brorson artigheten att meddela honom om deras förlovning privat. Kanske skulle han svänga förbi Creightons stadshus efter att han hade lämnat av Marianne i morgon.

"September skulle vara en bra tid att åka till Italien", anmärkte han till Marianne när dansen förde dem samman. "Haven kommer inte att vara för stormiga då, och vintern är mycket mildare i de södra klimaten. Vi skulle kunna tillbringa en stor del av sommaren på Glenkellie om du vill, innan vi åker till Havers Hall i augusti, och sedan avsegla så snart du känner dig redo att lämna lady Havers."

"Jag tycker att det låter som en underbar plan", instämde Marianne. "Ska vi se Rom också, förutom Florens?"

"Absolut, och Venedig också, och vilken annan plats du än kan önska. Vill du bara se Italien, eller längtar du efter att besöka andra platser i Medelhavet?"

"Du kommer verkligen att ta med mig vart jag än vill åka, eller hur?" sa Marianne med förundran i rösten när dansen tog slut.

Alexander erbjöd sin arm för att leda henne från golvet. "Självklart kommer jag det. Vad du än önskar dig behöver du bara nämna det. Englands tron kanske ligger något bortom mina resurser, men för vilket mindre mål som helst kommer jag att göra allt i min makt för att uppnå det för dig."

"Ett ögonblick", avbröt en hög röst, och Alex såg sig om och fick se lord Ferry som stirrade stridslystet på honom. "Försöker ni tränga er före, Glenkellie? Förbaske mig, jag visste att ni tjuvlyssnade på Brooks'. Lady Creighton", vände han sig till Marianne, "jag kan försäkra er, mina resurser överstiger allt som Glenkellie kan uppbåda från sina skotska bergssluttningar. Ni kan nämna ert pris."

Chockade flämtningar spreds runt dem, och Alex spände sig. *Vad i helvete tänkte Ferry på?* Han hade just kommit med ett oanständigt förslag till Marianne *offentligt*!

"Lord Ferry", sa Marianne med en mycket klar och kall röst, "jag är inte till salu till *något* pris."

"Äsch, kom igen ...", dundrade Ferry.

Men Alex hade hört mer än nog. "Ferry", sa han med en låg, farlig röst, "ni talar med den blivande markisinnan av Glenkellie. Ni kan be om ursäkt nu, eller så möter ni mig i gryningen."

Ferry stelnade till, med munnen vidöppen medan han tog in Alexanders mordiska min, innan han svalde hörbart. "Jag, äh", sa han, "äh, äh, ber så mycket om ursäkt, Glenkellie."

"Be inte *mig* om ursäkt", sa Alexander äcklat, "be *damen* om ursäkt." Gud, mannen var en fullständig kruka. Det hade varit oerhört tillfredsställande att köra värjan genom honom för förolämpningen. Istället var han tvungen att stå och se på Ferrys panikslagna, fjäskande ursäkt till en sammanbiten Marianne.

"Försvinn, er frånstötande lilla man", sa Marianne till slut, och alla inom hörhåll, som alla hade hängt på varje ord i konfrontationen, brast ut i skratt.

Röd i ansiktet flydde lord Ferry.

"Hans *stackars* fru", sa Marianne med en suck och vände sig tillbaka till Alex. Han kämpade för att hålla tillbaka sitt eget skratt och kunde inte få fram ett ord.

"Bra gjort, käraste", sa en annan röst, och Alex vände sig om och såg sin mor närma sig. Hon drog Marianne i en öm omfamning. "Vilken markisinna du kommer att bli! Du måste låta mig presentera dig för min mycket goda vän, hertiginnan av Balford. Alexander? Var snäll och hämta lite champagne åt oss, snälla du." Hon tryckte ett tomt glas i hans hand och drog med sig Marianne in i en folkmassa av elegant klädda damer.

Alexander kom knappt nära Marianne under resten av balen. Damer som tidigare hade ryckt undan sina kjolar fjäskade nu för henne, och ryktet spreds snabbt om hennes magnifika avfärdande av lord Ferry ... snabbare än nyheten om deras förlovning, som de snart skulle upptäcka.

"En hög faeton!" Marianne klappade händerna av förtjusning när hon kom ner för trappan till Havers stadshus på Alexanders arm följande morgon. "Jag har alltid velat åka i en sådan här!"

"Jag vet. Du nämnde det för mig en gång för länge sedan. Jag sa att jag en dag skulle ha en och ta med dig på en åktur i den, minns du?"

"Det gör jag, även om jag inte hade tänkt på det förrän nu. Jag är förvånad över att *du* minns!" Hon vände sina lysande ögon upp mot honom när han försiktigt hjälpte henne upp på sätet och tog emot tyglarna från sin tiger.

"Drömmen om att åka med dig stolt sittande vid min sida höll mig uppe under några av de mörkaste tiderna under kriget", sa han tyst och drog en tjock filt som låg på sätet över hennes knän och stoppade in den för att hålla henne varm.

Marianne lade en hand på hans arm, lutade medvetet på huvudet för att visa upp sin vackra hatt och sa: "Då så, till Hyde Park, ers nåd. Ni ska få er beskärda del av åkturer med mig idag. Vi kanske till och med måste stanna för att byta hästar!"

Alex skratt dröjde kvar bakom dem när hästarna satte av i rask trav.

De pratade och skrattade och var tvungna att stanna med jämna mellanrum för att hälsa på någon som ville gratulera dem, och de hade paraderat genom Hyde Park i över en timme när Marianne fick syn på sin familj. "Titta, i den där öppna landån! Vi måste stanna, Alexander."

Lavinia log, och Diana bredvid henne viftade upphetsat tills hennes mor lade en försiktigt återhållande hand på hennes arm. Marianne log tillbaka. Hon och Lavinia skulle aldrig bli nära vänner, men hon var åtminstone ganska säker på att Lavinia inte skulle försöka tvinga någon av sina döttrar till äktenskap de inte ville ha. Förhoppningsvis skulle hon tygla det värsta av Arthurs ambitioner och vara en förespråkare för sina döttrar om de behövde det.

Arthur såg inte glad ut över att se dem. "Ett ord, Glenkellie?" sa han korthugget när de artiga hälsningarna hade utbytts.

"Eftersom jag misstänker att detta rör dig, skulle du vilja följa med?" frågade Alexander Marianne. "Jag tar gärna hand om det om du hellre vill slippa."

"Jag tror jag föredrar att vara delaktig i diskussioner om min egen framtid", bestämde Marianne sig för. "Ursäkta mig, är ni snäll."

"Åk hem", instruerade Arthur Lavinia. "Jag går tillbaka; det är inte långt."

Lavinia tittade på Marianne med ett bekymrat uttryck, men Marianne gestikulerade att hon skulle åka. Vad kunde Arthur trots allt göra henne med Alexander närvarande? Hon var helt säker.

De lämnade Alexanders tiger med hästarna och följde efter Arthur över gräset mot the Serpentine, som var en glasartad, reflekterande silverspegel under den vintergrå himlen. Ett par knölsvanar flöt fridfullt förbi, en skarp kontrast till den oroliga känslan i Mariannes mage. Även om hon försökte intala sig själv att Arthur inte hade någon makt över henne, väckte utsikterna till en konfrontation gamla fasor till liv.

Alexanders arm under hennes hand var stark och stadig som en klippa; hon hämtade styrka från hans lugna självsäkerhet. *Detta var hennes val*, påminde hon sig själv. Hon ville inte låta Alexander hantera alla hennes problem, även om hon var övertygad om att han kunde göra det. Hon tog kontroll över sitt eget liv och gjorde vad hon ville, med hans stöd.

Slutligen verkade Arthur anse att de var tillräckligt långt från andra för att kunna tala privat, och han virvlade runt för att möta dem. "Vad i Guds namn *tänkte* ni på?" halvskrek han. "En konfrontation mitt under en societetsbal över *henne*?"

Marianne blinkade.

Alexander såg förvånad ut. "Jag ber om ursäkt?" fräste han, och lät inte det minsta ursäktande. "Skulle ni föredra att jag lät lady Mariannes goda namn offentligt solkas av en respektlös skitstövel till man? Inte så länge jag andas."

Arthur verkade inte ens höra honom, uppblåst av sin egen ilska. "Och ni!" Han vände sig mot Marianne och pekade anklagande på henne. "Två älskare som nästan börjar slåss om er, offentligt! Er *hora*!" Spott flög när han skrek, och

hon tog instinktivt flera steg tillbaka. Arthur var alldeles
för lik sin farbror, hennes döde make, i ett av sina raseriut-
brott.

Alexander ställde sig omedelbart framför henne och gav
ifrån sig ett ljud som lät väldigt likt ett morrande, men
räddningen kom plötsligt från ett mycket mindre troligt
håll.

En av svanarna som ett ögonblick tidigare flöt så fridfullt
på vattnet tog uppenbarligen illa vid sig av Arthurs hotful-
la gester och skrik. I en virvlande storm av vita vingar och
ilsket väsande attackerade svanen, och slog mot Arthurs
ansikte med näbb och vingar.

Svärande medan han försökte slå tillbaka svanen snub-
blade Arthur baklänges och föll i det grunda vattnet
bakom sig med ett gigantiskt plask och ett gällt skrik.

”Nåväl”, sa Alexander med ett djupt skratt medan svanen
fortsatte att ansätta Arthur, ”det besparar mig väl besväret
att ge honom en snyting, antar jag. Tror du att dina vänner
änderna hetsade den där svanen på honom med flit?”

Marianne kunde inte hålla sig; hon brast ut i skratt, en
urladdning av spänning likt en fjäder som rullades ut inuti
henne och bubblade upp och ut ur hennes mun i hesa
fnissningar. Hon kunde bara luta sig mot Alexander och
se på när hennes brorson fick sig en grundlig omgång, helt
utlämnad åt den rasande fågeln.

Svanen backade till slut, drog sig tillbaka för att vakta sin
maka, och fortsatte att väsa i Arthurs riktning då och då
medan earlen av Creighton klättrade upp ur vattnet, snyf-

tande av ilska och vaggande en hand tätt mot bröstet i uppenbar smärta.

"Om ni någonsin igen talar till, eller om, min blivande hustru på något nedsättande sätt, kommer jag att döda er", sa Alexander, med en ton som var kall och känslolös. "Det är enbart för er hustrus och era barns skull som jag låter det straff som Guds skapelse har utdelat vara tillfredsställande. Låt denna gudomliga vedergällning bli er sista varning!"

De gick därifrån medan Marianne fortfarande skrattade, i hopp om att hon aldrig skulle glömma bilden av den droppande, spottande earlen av Creighton som kastade rädda blickar åt både Alexander och svanen.

"Gudomlig vedergällning, minsann", lyckades hon frusta fram till slut, när de återvände till faetonen och Alexander försiktigt lyfte upp henne på sätet. "Det där var *underbart!*"

"Kanske vi borde sprida ett rykte om att Gud kommer att utkräva hämnd på alla som förolämpar dig." Alexander gav henne ett retsamt leende när han tog upp tyglarna. "Jag vågar påstå att det skulle bespara oss båda en hel del besvär!"

På avstånd påbörjade Arthur Creighton den långsamma, dyblöta färden över gräset bort från the Serpentine, jämrande sig över smärtan i sin skadade hand och fortfarande med ett vaksamt öga på svanen.

Solen bröt igenom molnen just då, tunna strålar av klart gult solsken strömmade ner på faetonen när hästarna återigen satte av i en spänstig trav. Marianne vände ansiktet uppåt, leende när hon tänkte på att hon för inte så länge sedan inte skulle ha vågat av rädsla för att en fräken skulle dyka upp på näsan. Alexander skulle troligen säga till henne att alla nya fräknar var hans favoritsak med henne, eftersom de uppstod medan hon roade sig. Hon kurade ihop sig närmare honom under den tjocka filten han stoppade om bådas knän, vilade huvudet mot hans axel och suckade av fullständig belåtenhet.

EPILOG

Fyra veckor senare, St. George's Church, Hanover Square

ALEXANDERS HJÄRTA VAR FULLT av känslor när han såg Marianne gå mot honom, klädd i en fantastisk ny klänning av blekt guldsiden kantad med vit Brysselspets. Arthur hade visserligen framfört en passande krypande ursäkt dagen efter svanincidenten i Hyde Park, men Marianne hade avböjt hans erbjudande om att föra henne fram till altaret. Istället gick hon ensam, föregången av sin yngsta brorsdotter Penelope, som strödde nyplockade snödroppar i hennes väg.

Han hade förstås erbjudit sig att tömma vartenda växthus i London på dyrare blommor åt henne, men Marianne hade sagt till honom att hon mycket hellre ville ha snödroppar, den tidigaste av vårens blommor, som var lätta att plocka i februari.

"De är vårens första blommor, en årstid för nya begynnelser", hade hon sagt till honom, och Alexander hade genast hållit med om att det inte kunde finnas någon mer passande blomma.

Han hade visserligen hoppats på att få ett särskilt tillstånd och gifta sig med Marianne inom en vecka efter hennes ja, men hans mor och Marianne hade övertalat honom om att det skulle tysta allt skvaller för alltid om de väntade på lysningen och ställde till med ett storslaget bröllop med societetsgräddan på gästlistan.

Eftersom han var helt i Mariannes våld hade han gått med på vad de än ville, även om han privat hade beklagat sig för henne över sin ovilja att vänta på henne ens en dag längre än nödvändigt.

”Vi har väntat så här länge”, hade hon sagt ömt och lagt sin mjuka hand mot hans kind. ”Jag vill – nej, jag *behöver* – att det här bröllopet ska vara så olikt mitt första som det bara är möjligt, Alexander.”

Full av förståelse hade han förebrått sig själv för sin okänslighet. ”Säg bara vad jag ska göra för att det ska bli så, min älskade.”

”Ha tålamod med mig – och var dig själv”, hade hon sagt och sträckt sig upp för att ge honom en kärleksfull kyss.

Mariannes hand darrade lite i den vita sidenhandsken när hon lade den i Alexanders, och han såg frågande på henne med pannan rynkad av oro. Hon log beslutsamt tillbaka mot honom. Hennes förflutnas spöken skulle inte få överskugga detta, den bröllopsdag hon alltid hade velat ha.

Istället för sin far och två uttråkade tjänare som vittnen i en dammig salong fanns där en kyrka fylld med hennes och Alexanders vänner och familj. Prästen var en vänlig, allvarsam herre som hade insisterat på att få tala med dem båda enskilt före ceremonin, fast besluten att försäkra sig om att de båda var lyckliga innan han fortsatte. Och sist men absolut inte minst, istället för en lysten gammal man, fanns där hennes älskade Alexander, lång och stilig, med ögonen fyllda av kärlek till henne när han avgav sina löften.

"Ja", sa hon högt och tydligt när prästen frågade om hon tog Alexander till sin make. "Det gör jag."

Hans leende var fyllt av både glädje och lättnad när han klämde hennes händer, och Marianne såg kärleksfullt tillbaka på honom när ceremonin avslutades och de kom ut ur kyrkan till sina vänners rungande jubel.

Thomas och Ellen Havers hade insisterat på att hålla en bröllopsfest för dem efter ceremonin, och efteråt planerade de att återvända till Alexanders stadsresidens och stanna i London i ytterligare en månad innan de reste till Hampshire för att hälsa på paret Pembroke – de enda vännerna som inte kunde närvara vid deras bröllop. Alltför nära sin nedkomst hade Amelia istället skickat många upprymda brev och ett löfte om ett fromt sto från deras berömda stall som bröllopsgåva till Marianne.

När Amelias barn var fött skulle de åka till Portsmouth och därifrån ta ett skepp till Skottland, för att korta ner resan till Glenkellie med flera dagar. Marianne såg mycket fram emot att få se Alexanders barndomshem, som han beskrev som "en uråldrig stenhög" men som hans mor hade sagt till henne var ett av de vackraste slotten i Skottland.

Lady Helena skulle segla till Italien i slutet av mars, och de skulle ansluta sig till henne i september efter att Marianne även hjälpt Ellen genom hennes nedkomst. Hon hade redan trängt Lavinia, som med sina fem barn var den mest erfarna källan hon kände till i ämnet barnafödande, och frågat ut henne så detaljerat att Lavinia hade blivit alldeles blek.

Deras samtal hade dock lärt Marianne mycket mer än bara om barnafödande. Trots en hel del rodnande hade Lavinia delat med sig av en hel del kunskap om vad som hände i äktenskapssängen när hustrun inte var ovillig.

Genom att känna lyckliga par som Havers och Pembrokes hade Marianne sakta blivit medveten om att det kunde finnas sann och äkta tillgivenhet mellan man och hustru. Mer än en gång när hon bott hos Thomas och Ellen hade hon råkat komma på dem i en passionerad omfamning, och tanken på att dela sådana omfamningar med Alexander fick henne att känna sig alldeles varm och blossande.

Långt ifrån att frukta sin andra bröllopsnatt såg hon snarare fram emot den.

"Tror du att någon skulle märka om vi smet iväg?" viskade hon till Alexander efter att de hade ätit, dansat och pratat i vad som kändes som timmar.

"Vart då? Mår du alldeles bra?" Han såg oroligt på henne.

”Åh, jag mår bra.” Hon sköt in sin hand i hans och klämde den. ”Jag skulle vilja vara ensam med min man, det är allt.”

”Verkligen?” Ett brett leende spred sig över hans ansikte. ”Låt oss då inte slösa bort en enda minut till, min älskade markisinna!”

De smet ut och sprang nerför trappan, hoppade in i den väntande Glenkellie-vagnen, där Alexander inte förlorade någon tid med att dra Marianne in i sin famn.

”Jag älskar dig”, viskade han och lät kyssarna regna över hennes ansikte. ”Jag har alltid, alltid älskat dig.”

”Jag älskar dig också”, sa Marianne, kröp tätt intill honom och vilade huvudet mot hans starka axel, trygg i hans armar och säker i vetskapen om att hon äntligen var precis där hon alltid hade längtat efter att vara.

SLUT

En markis för Marianne är den andra boken i serien *Rodnande unga damer*. Om du inte redan har läst *En greve för Ellen* och upptäckt Thomas och Ellen Havers kärlekshistoria, passa på att skaffa den nu!

Nästa bok i serien är *En hertig för Diana*, där Mariannes blyga brorsdotter Diana finner sig själv och sin egen väg när hon och hennes syster Clarissa bjuds in att följa med sin faster på hennes bröllopsresa till Italien!

FLER BÖCKER AV CATHERINE BILSON

Rodnande unga damer

En greve för Ellen

En markis för Marianne

En hertig för Diana

En kapten för Clarissa

Fröknarna från Belle Haven

En brud för Belle Haven(gratis förhistoria)

Fröken Molly och kavallerimajoren

Fröken Clara och markisen

Fröken Annas misstag

Fröken Eliza tar kommandot

Fröken Charlotte ställer till det (kommer snart)

Fröken Laura förälskar sig (kommer snart)

Fröken Louise lägger sig i (kommer snart)

Kärlek på Gränsen

Lärarinnan och Cowboyen

Ranchägarens Dotter och Bankägaren

Bokhandelns Skönheter (med Ebony Oaten)

Matthews Villiga Änka(gratis förhistoria)

Estelles Eldiga Beundrare

Maries Glada Herre

Louises Julhjälte

Bernadettes Stiliga Läkare

Exklusivt för nyhetsbrevsprenumeranter

St. George och Besten i Floden

Upptäck alla Shenanigans Press-utgivningar på vår webbplats(https://www.shenaniganspress.com/se) !

Eller följ oss på sociala medier – vi finns på Facebook och Instagram (@ShenanigansPressSvenska).

Och glöm inte att prenumerera på vårt nyhetsbrev för att få veta mer om nya släpp, erbjudanden, utlottningar och mycket mer!

www.ingramcontent.com/pod-product-compliance
Lightning Source LLC
Chambersburg PA
CBHW060547190726
48283CB00003B/901